Susanne Löffler: Seidenes Schweigen

Susanne Löffler

seidenes schweigen

Roman

Handlung und Personen dieses Romans sind frei erfunden. Ähnlichkeiten mit wirklichen Personen oder tatsächlichen Ereignissen sind nicht beabsichtigt und rein zufällig.

Das Erste, was allmählich in seine Wahrnehmung sickerte, war das durchdringende Vibrieren an seinem Oberschenkel und der aufdringliche Klingelton eines Handys. Als er die Augenlider wenige Millimeter nach oben bewegte, drang stechende Morgenhelligkeit ein und veranlasste ihn zu einem gequälten Grunzen. Er lag hart. Holz oder Stein? Eher warm. Also Holz. Seine Fingerkuppen bewegten sich über den Boden, auf dem er bis vor wenigen Augenblicken geschlafen hatte. Sein Kopf dröhnte und ein wenig Übelkeit schaukelte hin und her. Plötzlich spießte sich ein kleiner, gemeiner Spreißel in den Ringfinger seiner rechten Hand und beendete die Wanderung. Der doch unangenehme, leise und ziehende Schmerz veranlasste Andreas, jetzt endgültig die Augen zu öffnen. Eine Nadel schien sich in sein Hirn zu bohren. Durch die entstandenen Sehschlitze sah er sich um.

Der Treppenabsatz wurde deutlicher, je mehr seine Augen sich an das Licht gewöhnten. Er lag vor seiner Wohnungstür. Der Schlüssel steckte von außen im Schloss. Er hatte keine Ahnung, wie und wann er hierhin gekommen war. Das Schaukeln in seiner Hirnmasse wurde weniger. Schwerfällig rückte er seine Beine unter seinen Körper, um aufstehen zu können. Unwillig schienen sie noch ein Eigenleben zu führen und befolgten seine Bewegungsanweisungen nur zögernd. Es gab Augenblicke in seinem Leben, in denen er sich erinnerte, wie viele Muskeln die Natur in seinen Körper gebaut hatte. Leider schmerzlich. Wankend und abgehackt bewegte er sich auf die Tür zu und betrat seine Wohnung. Den Schlüssel nahm er mit und lies ihn der Einfachheit halber innen neben der Tür zu Boden gleiten. Abgestandene Luft und alter Zigarettenrauch umhüllten ihn. Er schaffte es, die Tür mit einem Fuß zuzutreten, ohne dabei wieder zu Boden zu gehen. Mit einer Hand baumelte er dabei an der Jeansjacke, die einsam an der Garderobe hing. Als seine Beine zu weiteren Bewegungen bereit zu sein schienen, hangelte er sich weiter ins Bad.

Dort kippte er auf die Toilettenbrille und atmete schwer. Dann zog er die Jeans kurzerhand komplett aus. Halb sitzend, halb wankend. Das war manchmal sicherer, als das bloße Öffnen. Es wäre nicht das erste Mal, dass er sich betrunken angepinkelt hätte. Während er saß, drängte sich für einen kurzen Augenblick Scham in ihm hoch. Und Trauer. Die letzten fünf Jahre waren wirklich wenig ruhmvoll verlaufen. Das Spülgeräusch verursachte neue Schmerzen. Seine Hand versuchte kurz, seinen Kopf zu halten, um das Schaukeln zu verlangsamen. Nur, der Kopf schaukelte nicht. Er verließ das Bad und überquerte den Flur.

In der Küche holte er eine der beiden Glasflaschen unter der Spüle heraus und nahm einen Schluck in den Mund. Er bewegte die scharfe Flüssigkeit um seine Zähne herum und spielte ein wenig mit der Zunge darin. Dann schluckte er den Wodka herunter. Wie eine kurze Stichflamme rann die glasklare Flüssigkeit zu seinem Magen. Sofort setzten diese eigentümliche Wärme und das Gefühl ein, das damit für ihn verbunden war. Jetzt fühlte er sich schon anders. Mit der Hand wischte er die verbliebene Feuchtigkeit von seinen Lippen. Blinzelnd trat er ans Küchenfenster und öffnete es. Er musste sich immer noch am Fensterrahmen leicht abstützen.

Keine zehn Meter trennten ihn von der älteren Dame, die die kühle Morgenluft zum Gießen ihrer Begonien nutzte. Sie beobachtete, wie das Wasser über den Rand der Blumenkästen quoll, und fragte sich, ob unten jemand langging, der das überschüssige Gießwasser auf den Kopf bekommen könnte. Ein frecher kleiner Singvogel zwitscherte lautstark und lebhaft.

Erst grüßte sie den jungen Mann freundlich, der vor ein paar Wochen in die Wohnung gegenüber gezogen war. Dann wanderte ihr Blick zu seinen nackten Beinen, die unter dem zerknautschten Hemd zu sehen waren. Verwirrt überlegte sie, ob es sein könne, dass Herr Raab nur ein Herrenhemd trug oder ob sie ohne Brille einfach zu wenig sah. Sie beschloss, erst einmal zu frühstücken.

Die Arterie an Sabines Hals wurde immer hektischer. Warum ging dieser Mensch nicht an sein Telefon! Was heißt Mensch. Mann! Unglaublich. Seit gestern versuchte sie mit steigender Wut, Andreas telefonisch zu erreichen. Sie konnte sich nicht beruhigen. Im Gegenteil. Mittlerweile war sie sich nicht mehr sicher, ob sie ihm noch gewaltfrei gegenübertreten konnte. Eigentlich lehnte sie jede Art von körperlicher Gewalt ab, aber Andreas brachte sie zur Weißglut. Knurrend drückte sie auf den Knopf mit dem roten Hörer ihres Handys.»Wenn er nicht umgehend erreichbar ist, fahre ich nach Eberbach. Und dann gnade ihm Gott, falls es den gibt.« Ihre Gedanken rollten wie eine Ladung ausgeschütteter Murmeln in ihrem Kopf umher.

Im Moment war es unmöglich, die Murmeln in die dafür vorgesehenen Löcher zu versenken. Die Gedanken rollten und sprangen einfach in alle Richtungen.

Sie hatten sich 2003 in Bad Orb bei der Jahrestagung einer Hypnosegesellschaft kennengelernt und vor zwei Jahren beschlossen, zusammenzuarbeiten. Beide hatten ein abgeschlossenes Psychologiestudium ohne Kassenzulassung. Sabine hatte bisher im Coaching großer Wirtschaftsunternehmen gearbeitet und veranstaltete Kurse in NLP. Sie hatte im Großen und Ganzen eine gute Auftragslage, aber immer so, dass große Sprünge nicht drin waren. Sie war unabhängig, stark und Single. Eine Powerfrau. Nur leider war es vor allem ein ganz bestimmter Typ Mann, der die Qualitäten dieser wundervollen Frau zu schätzen wusste. Und den fand Sabine ganz und gar indiskutabel. Dennoch war sie sich sicher: Es dauerte nicht mehr lange und ihr Traumprinz war da. Denn trotz aller Unabhängigkeit war Sabine sensibel und romantisch.

Andreas war ein eigenartiger Mensch, aber ein Meister der Beobachtung. Begegnete er Menschen, wurde er von einer Welle von Informationen erfasst – kein Detail entging ihm. Innerhalb kürzester Zeit hatte er das Gefühl, in den Kern der Persönlichkeit und deren Vergangenheit einzutauchen. Wie eine Wolke rauschten die Einzelheiten um ihn herum und wickelten ihn ein.

Dummerweise sprach er vieles davon auch aus. Nicht jeder Mensch mochte das Gefühl, sein Inneres wie einen Spiegel vorgehalten zu bekommen. So kam es häufig vor, dass seine Mitmenschen entsetzt, verletzt oder erschrocken auf ihn reagierten. Eine Weile hatte er sich mit Aufstellungsarbeit und systemischen Modellen beschäftigt. Aber er konnte die Gedanken, die wie Blitze in seinem Kopf erschienen, kaum ausblenden, und so war ein klientenzentriertes Arbeiten kaum möglich.

Schon in seiner Ausbildung hatte er das gesamte Curriculum Hypnose einer renommierten Fachgesellschaft im Medizinsektor durchlaufen. Dieses Eintauchen in andere Menschen verstärkte sich fast noch mehr durch diese Kenntnisse.

Er arbeitete nach seinem Studium einige Zeit therapeutisch und beratend, aber zunehmend blieben ihm die Klienten aus. Dieses fremde Gefühl, anderen zu nahe zu kommen, sorgte dafür, dass er mehr und mehr Alkohol trank. Jeder Klient hinterließ, jeder auf seine Art, Spuren in Andreas Seele. Er war als Therapeut schlecht. Er konnte sich schlecht schützen.

Nachdem das immer klarer wurde, versuchte er sich einige Jahre als Körpersprachetrainer bei Versicherungsunternehmen. Aber die Trivialität dieser Seminare erschöpfte ihn auch zunehmend. Die Teilnehmer erschienen ihm oft völlig unfähig, sich in andere Menschen hineinzufühlen. Dieses Gespür für andere Menschen. Es war schlicht ermüdend, es mit Menschen zu tun zu haben, die genaue Anleitungen für das Lesen von Körpersprache wünschten. Die Realität hielt das aber nicht bereit. Man konnte nun einmal nicht sagen, dass ein Verschränken der Arme vor der Brust *immer* das Gleiche bedeutete ...

Doch von etwas musste er leben. Durch seinen unsteten Lebenswandel gab es immer häufiger Ärger mit seinen Auftraggebern. Seine unberechenbaren Ausfälle setzen seinen Geschäftsbeziehungen weiter zu. Mehrmals im Jahr zog er sich in einen alten Wohnwagen zurück, der als Zivilisationsruine an einem Jugendzeltplatz im Odenwald vor sich hin rottete. Andreas kannte den Eutersee in Schöllenbach schon seit seiner Jugend. Den Wohnwagen hatte er von einem Bekannten »übernommen«, der sich dort einige Jahre als Platzwart versucht hatte. Das war ein Platz auf der Erde, der eine Kraft und Magie enthielt. Am Seeufer konnte er ungehindert dem Übel der Welt gedenken und sein Unglück besaufen. Oder er konnte Kraft schöpfen, auftanken, gesund werden. Wie ein krankes Tier, das sich in die Einsamkeit zurückzieht, um seine Wunden zu lecken.

Für die Stunden im Wohnwagen bevorzugte er Odenwälder Birnenschnaps. Das schien ihm passender als Wodka oder profanes Bier. Odenwälder Schnaps erschien ihm als die Essenz der Odenwälder Natur: die Kraft des Waldes und der Berge und Hügel um ihn herum; die Kraft der beiden großen Flüsse Main und Neckar und der vielen kleinen Bäche, die sich sprudelnd über den Buntsandstein ergossen. Der Odenwald – Platz der Mythen und Sagen. Wo Siegfried von Xanten, der den Drachen schlug, sein Leben ließ. Wo der Schinderhannes und der Hölzerlips ihr Unwesen trieben.

Vor zwei Jahren hatte er beschlossen, mit Sabine Wagner eine kleine Beratungsfirma zu gründen. Sie wollten aus wirtschaftlichen Gründen den Schwerpunkt auf Raucherentwöhnungsseminare mit Hypnose und Firmencoaching legen. Eine interessante Idee, anderen zu helfen, Nichtraucher zu werden, aber selbst zu rauchen und zu saufen, fand Andreas. Die Auftragslage war gut. Im naturverbundenen Heidelberg gab es viele Menschen, die dem Laster der Zigaretten ein für alle Mal entsagen wollten.

Er hatte lange in Nürnberg gelebt und anfangs blieb er auch noch dort und pendelte zu den Kursen zu Sabine nach Heidelberg. Aber die Fahrerei wurde immer beschwerlicher; sie zerrieb ihn immer mehr. Die vielen, vielen Stunden auf den Autobahnen. Die Staus an den Knotenpunkten. Er hatte den Eindruck, jeden Meter Autobahn um Sinsheim-Steinsfurt vom Warten und Stehen im Auto zu kennen. Von heißen Sommertagen und der Hitze, die auf das Dach brannte, oder eisigen Winterfahrten, bei denen er sich in warme Wolldecken zum Warten einwickelte. So viele Baustellen hatten sich an seine Fahrten angeschmiegt und seine Geschwindigkeit gedrosselt.

Bis er vor fünf Monaten letztlich den Führerschein kurzzeitig entzogen bekam. Der Alkohol. Oder eine Verkettung unglücklicher Umstände. Danach hatte er sein Auto verkauft und beschlossen, mehr das Rad zu nutzen. War auch günstiger. Sein Körper dankte es ihm mit einer immer besser werdenden Form und Belastbarkeit und durch das Treten der Pedale kamen die Dinge in seinem Kopf wieder in Fluss. Wenn Spazieren nichts half, konnten stundenlange Radtouren die Gedankennebel auflösen.

Andreas saß inzwischen mit nacktem Unterkörper auf seiner Bettkante und versuchte, in den Untiefen seines Kopfes den vergangenen Abend zu finden. In seinem Schlafzimmer war es stickig und dämmrig.

So ganz war er sich nicht im Klaren darüber, ob er sich lieber erinnern wollte oder lieber nicht. Seit vielen Jahren wusste er, dass man mit Hypnose so manche Erinnerung reaktivieren konnte. Der Alkohol war ein für ihn bewusst sicherer Weg geworden, vieles vergessen zu können. Anfangs war das für ihn ein Segen gewesen. Aber mittlerweile verschwanden viele Dinge, die möglicherweise Zweck bringend gewesen wären, und zersetzten sich in den Bodenbereichen seiner Wodkaflaschen.

Das Gesicht einer jungen Frau mit einem relativ kräftigen Lippenstift tauchte auf. Ja, sie war gestern auch im »Braumeister« und hatte irgendwann neben ihm gesessen. Sie war höchstens dreißig. Und schön. Ihre Augen lächelten und sie hatte einen sinnlichen Mund.

Gut, er hatte sich für seine 44 Jahre sehr gut gehalten. Er war von einer zeitlosen, unbeschreiblichen, herben, männlichen Attraktivität. Sein Gang glich dem einer Raubkatze und er war aufrecht und selbstbewusst. Er strahlte Sicherheit aus. Seine Stimme war intensiv und sonor. Die perfekte Stimme, die Menschen mit einer angenehmen Decke des Wohlbefindens zu umschlingen. Sehr gut für Hypnose.

Trotzdem.

Hatte er sie in ihre Wohnung begleitet? Was war dann? Wie eine Sekundenaufnahme spülten ein Lachen und eine Stimme in seinen Kopf. In seinem Brustkorb hüpfte etwas. Schade, auf eine Art hätte er zu gern gewusst, wem dieses sympathische Lachen gehörte, das so warme und liebevolle Gefühle in seinem Bauch wecken konnte. Er spürte: Wenn er dem Gedanken folgen würde, dann hätte er alle wichtigen Details parat. Aber er zog es vor, noch einmal in einen tiefen Schlaf zu gleiten und die Welt, die junge Frau mit den gepflegten Zähnen und traurigen Augen, noch einmal in einem fahlen Zwielicht zu versenken.

Sabines Golf quälte sich erst durch die Heidelberger Innenstadt und dann das Neckartal hinauf. Das Wetter war ein Traum. Die Luft war sauber und samtig. Viele Cabrios waren unterwegs und aus den geöffneten Fenstern der anderen Wagen drang Musik. Die milde Luft duftete nach Gras und Sonne. Der Sommer im Neckartal war unbeschreiblich. Die Pflanzen lagen in diesem ganz besonderen Licht, das man nur an warmen Sommertagen am frühen Morgen findet. Der Neckar war spiegelglatt und wie auf einer Postkarte. Selbst der Verkehr schien noch in harmonischer Eleganz miteinander zu tanzen.

Aber Sabine hatte dafür keine Augen und keinen Sinn. Ihre Finger beklopften hektisch das Lenkrad und starrten auf den vor ihr fahrenden Wagen. »Bieg ab!«, betete sie in Gedanken vor sich hin. Bei der nächsten Ampel setzte der Fahrer des vor ihr fahrenden Fahrzeugs den Blinker und ordnete sich in eine andere Spur ein. »Geht doch«, beruhigte sie sich etwas und bog auf die Neckarbrücke bei Neckargemünd ab. Wenigstens fuhr sie entgegengesetzt dem Berufsverkehr, der um diese Tageszeit Richtung Heidelberg floss.

Ihre Wut stieg weiter an. Im Normalfall hätte sie jetzt geklopft. PEP, also »Prozessorientierte energetische Psychologie« war die neuste Errungenschaft in ihrem psychologischen Handwerkskoffer. Dabei beklopft man systematisch verschiedene Punkte auf dem Körper, um Emotionen zu verarbeiten, zu verändern oder mit der Kopfarbeit zu synchronisieren. Das funktionierte sehr gut. Aber jetzt *wollte* sie sich nicht beruhigen. Und ihre klopfenden und trommelnden Finger auf dem Lenkrad bauten erstaunlicherweise den Stress auch nicht ab. Sie hatte Mühe, keinen Unfall zu verursachen.

Andreas hatte ihr hoch und heilig versichert, dass er den Termin einhalten würde. Es war erst der zweite Abend ihres aktuell laufenden Raucherentwöhnungsseminars. Dieser Termin war für die Klienten besonders wichtig. Doch er hatte eine 10-Personen-Gruppe einfach vor verschlossenem Seminarraum stehen lassen! Zum Glück war es ihr gelungen, alle Anrufer, die sich bei ihr gemeldet hatten, zu beruhigen. Aber wenn die Teilnehmer schlecht von ihrem kleinen Unternehmen redeten, konnte ihr dies das Genick brechen. Heidelberg war auf eine sympathische Art und Weise ein Dorf. Die Heidelberger waren eine Gemeinschaft, in der sich Informationen schnell verbreiteten und man sich kannte. Gerüchte nahmen einen großen Stellenwert ein und hielten sich hartnäckig. Obwohl die Stadt auch durch die vielen Studenten liberal und weltoffen wirkte, waren die »echten« Heidelberger eher werterhaltend, bodenständig und konservativ.

Sie hoffte, dass sie die Teilnehmer beim nächsten Termin wieder voll auf ihren Kurs ziehen konnte. Es reichte schon, dass Andreas selbst wie ein Schlot rauchte und auch dem Alkohol sehr zugetan war.

Er konnte sich auf etwas gefasst machen. Ihn ließ sie in diesem 5-Termine-Durchlauf nicht mehr auf die Raucher los. Wäre ja noch schöner.

Mittlerweile hatte sie den Hirschhorner Tunnel erreicht. Sie setzte ihre Sonnenbrille ab und schaltete ihr Licht ein. Seit Jahren wünschte sie sich eine Sonnenbrille mit »Drivers polarized«-Gläsern, die sich einfach den Lichtverhältnissen anpassten. Bisher erschien ihr die Ausgabe aber schlicht zu hoch. So eine Wüstensonnenbrille kostete so viel wie eine halbe Monatsmiete ihrer Wohnung. Da benutzte sie doch lieber Sonnenbrillen aus der Drogerie und setzte sie eben ab und zu ab. Es war für diese Tageszeit schon erstaunlich warm und sonnig. Das würde ein ziemlich heißer Tag werden. Vermutlich in mehrfacher Hinsicht.

Nach dem Tunnel gab sie Gas. Hier war die Bundesstraße gut ausgebaut und sie beschleunigte nachdrücklich.

Sabine erreichte das Ortsschild von Eberbach. Auf der gegenüberliegenden Schwimmbadwiese waren bereits die ersten, frühen Badegäste mit ihren bunten Liegetüchern sichtbar und die Parkplätze am Neckarufer waren überwiegend belegt. Sie fuhr den Neckarlauer entlang bis ans Ortsende, hier bog sie zweimal links ab und fuhr an den Parkplätzen des »Grünen Baumes« vorbei bis zum blauen Hut. Der schöne alte Turm hatte ihr schon immer gefallen. Seine efeubewachsene

Fassade wirkte freundlich, beständig und erhaben. Sabine war früher häufig in Eberbach gewesen. Ihr Exfreund lebte hier. Die Erinnerungen waren durchwachsen.

Da sie nicht in die Innenstadt fahren durfte, suchte sie sich einen Parkplatz und ging zu Fuß weiter. Am Pfarrhof vorbei ging sie zum Marktplatz mit seinem alten Rathaus, in dem schon seit vielen Jahren das Heimatmuseum untergebracht war. Leise plätscherten die Brunnen am alten Rathaus. Neben wunderschönen Gemälden Eberbacher Künstler und liebevollen Schaubildern gab es hier den letzten Wolf des Odenwaldes. Sabine fühlte sich im Moment auch wie ein Raubtier. Das ehrwürdige und gutbürgerliche Hotel »Zum Karpfen« begrüßte sie. Vor dem Lokal im Thalheim'schen Haus saßen noch keine Gäste. Die Stühle waren noch um die Sonnenschirme zusammengeschlossen. Aber eine rege junge Frau war schon dabei, die Tischplatten gründlich für das Tagesgeschäft abzuwischen. Sie ging weiter die Hauptstraße entlang und bog schließlich in die schummrigen Gässchen in Richtung Kornmarkt ab. Am Kornmarkt angekommen klingelte sie Sturm an Andreas' Wohnung. Wütend sah sie an dem alten Häuschen empor.

Andreas war nach seiner Scheidung vor drei Jahren erst weiter in Nürnberg geblieben. Auf eine sentimentale Art fühlte er sich mit der Stadt und den Trümmern seiner 12-jährigen Ehe verbunden. Er wäre nicht gegangen. Seine Frau war Lehrerin und stammte aus Franken. Sie wollte nach dem Studium in Heidelberg zurück in ihre Heimat und landete schließlich in Nürnberg auf einem Gymnasium. Damals war es ein großes Glück und harte Arbeit von Baden Württemberg in das Bundesland Bayern zu wechseln. Aber sie hatte alles erreicht.

Mittlerweile hatte sie einen Rechtsanwalt geheiratet und verachtete ihn aus tiefster Seele. Andreas war schon immer ein großer Genießer der Weiblichkeit gewesen und konnte den

Versuchungen während seiner Ehe nicht widerstehen. Seine Exfrau sah das weniger poetisch.

Letztlich war er vor neun Wochen in seine Geburtsstadt Eberbach gezogen. Hier hatte er als Kind die Dr.-Weiß-Schule und das Hohenstaufen-Gymnasium besucht. Hier konnte er die Schatten der gescheiterten Ehe vielleicht hinter sich lassen und einen neuen Lebensabschnitt beginnen.

Aber heute sah die gesamte Stadt anders aus als damals. In den 1980er-Jahren hatte man einen Teil der Altstadt zur Fußgängerzone erklärt und die Bahnhofsstraße wurde im Laufe der Jahrtausendwende immer mehr beruhigt. Man hatte die Neckarstraße stillgelegt und den Verkehr umgeleitet. Viele Bausünden aus Wirtschaftswunderzeiten waren wieder den Baggern zum Opfer gefallen und gemäß dem Trend, sich an das Alte zu erinnern, hatte man viele Fachwerkfassaden freigelegt und die kleinen, alten Häuschen liebevoll wieder hergerichtet.

Mit dem Fahrrad erreichte er trotzdem immer noch in vier Minuten den Bahnhof, von wo er in einer halben Stunde mit einem Zug in Heidelberg sein konnte.

Eberbach! So ein Kaff! Mit jedem Tritt gegen die Haustür veränderte sich Sabines Gemütslage. Auch eine Art energetischer Psychologie.… Nach einer Weile summte der Türöffner. Sabine stürmte zwei Stufen auf einmal nehmend die enge Holztreppe des alten Fachwerkhauses empor. Im ersten Stock stand ein junger Mann mit verschränkten Armen in einer Wohnungstür und blickte ihr zynisch entgegen. »Darf ich ihnen meine Wanderstiefel anbieten? Mit denen treten sie die Tür höchstwahrscheinlich leichter ein …« »Ich wollte eigentlich zu Herrn Raab! Ich fürchte, ihm ist etwas geschehen, da er die Tür nicht öffnet.« Nach kurzem Überlegen ging der junge Mann in seine Wohnung und kehrte mit einem Schlüssel zurück. »Hat er mir für Notfälle gegeben. Das scheint einer zu sein.«

Sabine stieg mit dem Ersatzschlüssel auf der knarzenden Holztreppe ein Stockwerk höher und öffnete Andreas' Wohnungstür. Der abgestandene Rauch in der Wohnung war mittlerweile nicht mehr kalt, sondern durch die hohe Außentemperatur warm und noch stickiger. Sabine wurde fast übel.

»Er muss tot sein, wenn er hier drin ist! Diese Luft erträgt kein normaler Mensch!«, schoss es Sabine durch den Kopf. Durch den Flur betrat sie das Schlafzimmer. Andreas lag nur mit einem ehemals weißen Oberhemd bekleidet halb auf seinem Bett. Sein Unterkörper war nackt und seine Füße hingen auf den Boden. Er sah aus, als sei er im Sitzen eingeschlafen und umgekippt. Dieser Anblick machte sie irgendwie sprachlos. Er schnarchte. Ihr Kopf geriet automatisch in eine unbewusste Schüttelbewegung. Im ganzen Raum waberten die Alkoholausdünstungen vor sich hin. Sabine durchschritt den kleinen Raum und riss das Fenster auf. Einen tiefen Luftzug später brüllte sie Andreas wütend an. Er regte sich nicht. Aber Puls war da. Sie rüttelte kräftig an seinen Schultern. Keine Reaktion. Im Bad fand sie neben einer Jeans mit Unterhose einen Putzeimer auf dem Fußboden. Wütend füllte sie den Eimer auf. Mit dem mit Wasser gefüllten Eimer kehrte sie ins Schlafzimmer zurück.

Andreas fuhr empor. Ein Teil seines Nervensystems hatte seinen Oberkörper aufgesetzt. Jetzt arbeitete eine Ecke seines Kopfes daran, das schwankende Pendeln einzudämmen und Sabines wutverzerrtes Gesicht scharf und deutlich werden zu lassen. Er und das Bett waren nass. So ganz konnte er sich noch nicht erklären, warum er nass und halb nackt vor der wütenden Sabine saß. Sabine schien ihm klar im Vorteil und Herrin der Lage. Und das schien sie rasend zu machen.

»Du hast kaum geschlafen. Dafür hast du lange geduscht und viel Zeit auf dein Make-up verwendet. Vermutlich bist du sehr früh aufgestanden, da du schlaflos im Bett gelegen hast. Das sind die Schuhe, in denen du dich sicher und erfolgreich fühlst. Die trägst du normalerweise nur, wenn du Angst hast, eine Situation nicht gut zu meistern. Sie haben flache Absätze, die dich fest stehen lassen. Außerdem ist es draußen heiß. Dein Nacken ist verschwitzt. Dein Atem riecht nach Kaffee ohne Frühstück. Es hat dir etwas dein rituelles Frühstücksmüsli verhagelt«, lallte er stark verlangsamt vor sich hin. Dann kippte er wieder nach hinten.

Unglaublich! Bevor Sabine darüber nachdenken konnte, wie sie am gefälligsten den Andreas-Mord ausüben könne, klingelte es aus der Hose auf dem Badezimmerboden. Sabine wechselte vom Schlafzimmer ins Bad und hob die Jeans auf. Sie schälte ein Handy aus der Hosentasche.
»Bei Raab?«, meldete sie sich.
»Hier ist Christian. Christian Schäffer. Ich bin ein alter Schulfreund von Andreas. Kann ich ihn bitte sprechen?«
»Nein«, antwortete sie schlicht.
»Bitte richten Sie ihm aus, dass er mich dringend anrufen soll.« Seine Stimme klang sehr nachdrücklich.
»Gut, mache ich.« Sie legte auf, bevor er ihre Lage noch mehr verwickeln konnten. Sie beschloss, Andreas einen Zettel zu hinterlassen und ihn erst dann zu töten, wenn er wieder bei vollem Bewusstsein war. Das war wirkungsvoller.

Andreas wachte mit einem schlechten Gewissen auf. Warum, war ihm nicht wirklich klar. Er hatte von Sabine geträumt. Seltsam. Sein Bett war teilweise nass. In seiner Wohnung war es brütend heiß, aber wenigstens stand das Schlafzimmerfenster offen. Kurz fragte er sich, welcher Art die Nässe in seinem Bett sein konnte. Stöhnend richtete er sich auf und wankte in die Küche. Auf dem Tisch lag neben der Wodkaflasche ein Zettel. Man hatte ihn aus einem Terminkalender herausgerissen.

»Bevor ich dich umbringe, rufe bitte dringend Christian Schäffer an. Sabine« Darunter hatte sie eine Handynummer geschrieben. Sabine war hier gewesen? Warum war er fast nackt? Was hatte er mit Sabine gemacht? Warum wollte sie ihn umbringen? Hatten sie etwa …… Aber er hatte noch nie von Mordgedanken einer Frau nach dem Sex mit ihm gehört. Bisher hatten sich die Damen immer eher positiv geäußert. Na ja, vielleicht war Sabine ja anderes gewohnt. Aber was hatte das mit Christian Schäffer zu tun. War sein alter Schulfreund Christian etwa jetzt Sabines Lover? Seine Geschäftspartnerin Sabine Wagner und Christian Schäffer ein Paar? Nein. Unmöglich. Irgendwie war er noch ziemlich wirr im Kopf.

An der Küchenspüle spritzte er sich kaltes Wasser ins Gesicht. Er fühlte sich völlig ausgetrocknet. Nachdem er ein Glas kühles, frisches Leitungswasser getrunken hatte, setzte er sich mit nacktem Hintern auf einen seiner Küchenstühle und wählte die Handynummer vom Zettel.

»Schäffer?«

»Christian? Hier ist Andreas Raab.« Seine Stimme kratzte heiser.

»Oh… Danke, dass du dich meldest. Dresel, ich muss einen Mordfall aufklären und ich könnte deine Hilfe gut brauchen. Du bist doch eine ausgesprochene Kapazität in der Beobachtung von Menschen.«

»Dresel« – so hatte ihn immer nur Christian genannt. Seltsames Gefühl, mit dem Namen seiner Kindheit angesprochen zu werden. Sofort war er in die Vergangenheit versetzt. Stand mit pickeligem Gesicht und viel zu langen Haaren auf der Treppe seiner alten Schule und rauchte heimlich eine Zigarette.

»Kannst du nach Eberbach kommen?«

»Nach Eberbach? Ja, klar. Ich bin froh, wenn du mir einen Rat geben kannst. In einer Stunde? Ich muss noch ein paar Schuhe abholen. Die habe ich in Eberbach bestellt, als ich letzte Woche meine Eltern besucht habe. Das passt sehr gut.«

»Ja, in einer Stunde in der Eisdiele an der Michaelskirche.«

Andreas tapste in Richtung Bad und stellte sich erst einmal unter die Dusche. Das Wasser spülte die Reste der letzten Nacht und der Dunstschwaden in seinem Kopf davon und benetzten ihn mit neuer, reiner und sauberer Energie.

Eine Stunde später saßen beide neben der Eisdiele auf dem oberen Markt unter den großen, lichtdichten Sonnenschirmen, jeder vor einem Kaffee und einem Wasser. Es war jetzt brütend heiß und die Stadt schien Siesta zu halten. Die Rollos waren geschlossen und man sah wenig Menschen auf der Straße. Selbst die Autos bewegten sich so langsam, dass man hätte glauben können, sie wollten einen Schweißausbruch bei zu schneller Fahrt vermeiden. Es roch ein wenig wie im Sommerurlaub. Staubig und trocken. Wenn man die Augen kurz schloss und nur fühlte, war Italien ganz nah.

Andreas hatte lange geduscht und jetzt sah er frisch rasiert und mit einem blütenweißen, gebügelten Hemd wieder wie ein Mensch aus. Eine Sonnenbrille schützte seine immer noch empfindlichen Augen. Sein rechter Ringfinger war leicht angeschwollen und pochte. Der Holzspreißel hatte sich tiefer in die Haut gearbeitet und eine kleine Entzündung verursacht. Darum musste er sich später kümmern …

»Das mit deiner Ehe tut mir leid. Vielleicht einigt ihr euch doch noch, dass du wenigstens deine Tochter häufiger sehen kannst. Aber wie ich sehe, hast du wieder eine weibliche Seele gefunden, die dich aufrichtet.«

Christian starrte Andreas fassungslos an. »Woher weißt du das? Wir haben uns seit vielen Jahren nicht unterhalten. Deine Handynummer habe ich aus dem Adressverteiler unserer Jahrgangsstufe!«

Andreas steckte sich erst einmal eine Zigarette an und inhalierte tief den ersten Zug. »Hm? Ach so, ja. Also, du hast an deinem Schlüsselbund eine Plüschkatze in Rosa mit einem »Good luck!«-Aufnäher. Sie muss von einem Kind, einem Mädchen, stammen. Vermutlich schleppst du das Teil mit dir herum, weil sie dir das Ding als Glücksbringer geschenkt hat. Erwachsene Frauen verschenken anderen Kram. Dein rechter Ringfinger zeigt immer noch deutlich die Eindrücke des lange getragenen Eherings. Vermutlich hast du ihn erst vor Kurzem abgelegt. Ich schätze, deine Frau ist schon vor einiger Zeit gegangen, aber du hast den Ring weiter getragen. Man sieht noch den helleren Streifen, wo kaum Sonne hingekommen ist. Dabei starrst du immer wieder auf dein Handy und hattest eben so ein abwesendes Grinsen im Gesicht. Vermutlich wartest du schon die ganze Zeit auf die zigste SMS heute. So verhalten sich frisch Verliebte. Nebenbei hast du zu deinem Kaffee ganz ausdrücklich fettarme Milch bestellt. Hier im »Venezia« gibt es das vermutlich beste Eis im ganzen Landkreis. Und obwohl dein Magen hungrig knurrt, möchtest du nichts essen. Dein momentanes Gewicht lässt darauf schließen, dass du in der Vergangenheit weniger zurückhaltend gelebt hast. Höchstwahrscheinlich möchtest du für deine neue Liebe abnehmen. Vielleicht auch, um besser in dem brandneuen, signalroten Hemd auszusehen, das du wahrscheinlich heute gekauft hast. Unter deiner linken Achsel baumelt noch ein Preisschild. Deine Gesichtsfarbe lässt auf eine durchgearbeitete Nacht schließen, was bei einem Mordfall auch ganz einleuchtend wäre, und trotzdem wirkst du glücklich und zufrieden. Deine Körperhaltung ist aufrecht und stark. Siehst du sie später noch? Scheint eine tolle Frau zu sein. Mit wundervollen Bewegungen und Stil. Eine Tänzerin.«

Christian war sprachlos. Er ließ das Gesagte einen weiteren Moment in sich wirken, bis er zu erzählen begann: »Volltreffer. Du hast in allem Recht. Meine Frau ist vor drei Monaten zu einem anderen gezogen. Den Ehering habe ich letzte Woche erst abgelegt und ich habe eine 11-jährige Tochter, die leider jetzt in Hannover bei ihrer Mutter lebt. Sie fehlt mir schrecklich und wir sehen uns nur alle paar Wochen. Und ja: Ich habe mich frisch verliebt und sehe sie später noch zu einem Spaziergang, wenn ich Glück habe. Woher kannst du das mit dem Tanzen wissen?«

»Sehr einfach: die Tüte mit den Schuhen, die du abgeholt hast. Tanzschuhe. Ihr tanzt jetzt gemeinsam.«

Christian war immer noch verblüfft. Dann kam er zum wahren Grund des Treffens:

»Aber ich habe ein anderes Anliegen: Wir haben vor zwei Wochen eine tote Frau auf einem Parkplatz in der Nähe eines Heidelberger Gymnasiums gefunden. Sie hat in der Schule als Lehrerin unterrichtet. Biologie und Kunst. Sie hatte einen Zettel bei sich. Darauf stand: ›Ich bin schuldig. Ich bin eine Schlampe und Lügnerin. Ich habe den Tod verdient.‹ Sie war 39 Jahre alt, geschieden, ohne Kinder. Der Exmann war zum vermuteten Todeszeitpunkt auf einem Fachkongress, wo er einen Vortrag hielt. Rund 120 Menschen können das bezeugen. Die ganze Sache ist seltsam. Sie ist erstickt, aber es gibt keine Würgemale. Nachdem sie schon tot war, hat der Täter ihren Mund zugenäht. Gut, das passt zu der ›Lügengeschichte‹, dem Zettel. Der Mörder hat sie nachträglich zum Schweigen gebracht. Das Opfer war aber in seinem Umfeld als sehr still bekannt. Also kein Hinweis auf üble Nachrede oder Geschwätzigkeit. Die Nachbarn haben sie gemocht. Bei den Kollegen war sie beliebt. Also, ehrlich gesagt habe ich einfach nichts gefunden, was mir weiterhilft. Ich bin als Polizeipsychologe hinzugezogen worden und stecke fest. Und dann bist du mir eingefallen. Du bist einfach völlig wahnsinnig und siehst Dinge, die andere Menschen nicht sehen oder wahrnehmen.«

»Soll das ein Kompliment sein?« Andreas grinste. »Ich nehme das als Kompliment. Aber was könnte ich in einem Mordfall bewegen? Das Opfer ist doch schon tot. Sie bewegt sich nicht mehr. Mein Bereich ist doch wohl eher das Verhalten lebender Personen. Ach, übrigens: Krankenschwester ist deine neue Flamme schon mal nicht.«

»Woher weißt du das schon wieder?!«

»Habe die Kratzspuren an deinem Nacken entdeckt. Mitarbeiter im Medizinsektor müssen kurze Fingernägel tragen.« Andreas' Grinsen wurde immer breiter. Allmählich wichen die Nebel vollständig aus seinem Kopf und er fühlte sich zunehmend wacher. Ähnlich einem Motor, der auf Touren kommt.

Christian machte ein zerknirschtes Gesicht. Dann richteten sich seine Gedanken wieder auf den Mord.

»Vielleicht siehst du mehr Details auf den Tatortfotos als andere Menschen oder bemerkst etwas im Gespräch mit den Nachbarn oder dem Exmann. Ach, ich weiß doch auch nicht. Scheiße! Ich brauche einfach einen neuen Ansatzpunkt. Einen neuen Faden, eine Spur. Irgendwas! Bitte sieh dir die Sache mal an.«

»Ja. Ich muss allerdings erst mal in meinen Terminkalender sehen. Ich leite zurzeit auch ein neues Seminar zur Raucherentwöhnung mit Hypnose und ...«

Andreas stockte. Sein Gesicht rutschte nach unten. »Oh nein. Sabine wird mich töten. Eigentlich hatte ich gestern einen Seminarabend, bei dem ich nicht aufgetaucht bin. Blöde Sauferei.« Er nahm sich vor, sofort mit Sabine zu telefonieren, wenn er in seine Wohnung zurückkam.

»Ich melde mich morgen auf deinem Handy. Ich kann mir den Fall mal ansehen.«

Christian überreichte Andreas eine Visitenkarte mit allen Nummern, auf denen er erreichbar war. Die beiden verabschiedeten sich freundschaftlich. Christian bezahlte die Getränke.

Die Pflastersteine schienen zu glühen. Die Hauptstraße lag fast verlassen da. Die wenigen Meter bis zum Schatten der kleinen Altstadthäuschen genügten, das Hemd durchzuschwitzen. Die Luft roch nach Sommer und Staub. Seine Schritte hallten überlaut in der Hitze.

Als Andreas vom Durchgang der Hallgasse zum Kornmarkt kam, sah er eine blonde Frau wartend auf der Stufe seiner Haustür sitzen. Sie trug ein luftiges Sommerkleid und Sandalen. Auf eine Art erschien sie ihm wie aus einer anderen Welt. So zart und zerbrechlich. Eine Elfenkönigin? Oder eine Jin? Zaubergestalt? Er schüttelte den Gedanken kurz ab und dachte bei sich, dass er noch ziemlich betrunken sei.

Als er näher kam, hob sie den Kopf. Ein Lächeln floss über ihr Gesicht, als sie Andreas erkannte. Er konnte sich nicht erinnern, wann er sich das letzte Mal so gefreut hatte, einen anderen Menschen zu sehen. Er wusste immer noch nicht, was in der letzten Nacht geschehen war, aber sein Bauch sagte ihm, dass es etwas Gutes war.

»Hallo!« Sie war aufgestanden und stand jetzt direkt vor ihm. Er blinzelte und sah in ihren Augen diese kleinen goldbraunen Sprengel um die Pupillen herum. Ihr Atemgeräusch hüllte ihn genauso ein wie der frische Geruch nach Wäsche und Wiese. Und ein wenig nach … Pferd? Pferd!

»Du reitest also. Hast du ein eigenes Pferd?« fragte er. »Du bist ein Hellseher! Das war gestern schon beängstigend. Kannst du Gedanken lesen?« Ihre Stimme klang voll, aber auch rein und dunkel. Sehr angenehm. Doch eine Elfenprinzessin. Oder eher eine Königin. Eine Titania in seinem eigenen Sommernachtstraum. Er lächelte begeistert.

»Ich …« Er war plötzlich völlig verlegen. Sie stand dicht vor ihm und diese Spannung war körperlich fühlbar.

»Möchtest du Kaffee?«, fragte Andreas.

Sie hatte den Kopf ein wenig zur Seite gelegt und ihre Augen strahlten ihn an. Sie nickte.

Er drehte sich zur Haustür um, um aufzuschließen. Er musste sich zusammenreißen.

Als sie wenige Augenblicke später hintereinander in die Wohnung traten, war Alexander peinlich berührt. Seit seinem Einzug hatte er so gut wie nichts geputzt und an den Wänden stapelten sich noch immer die nicht ausgepackten Umzugskartons. Die Luft spottete jeglicher Beschreibung.

»Schön hast du es hier«, sagte sie wenig überzeugend. Ihre Stimme war kaum noch zu hören. »Tolles altes Haus.«

Er lächelte sie entschuldigend an und es wirkte, als hätte er sie mit einer Schutzatmosphäre ummantelt. Ihr Körper entspannte sich und sie schien die Wohnung kaum mehr wahrzunehmen.

In der Küche stand immer noch die angebrochene Wodkaflasche auf dem Tisch. Auch der Zettel lag noch da. Interessiert sah sie sich doch wieder weiter um.

»Sabine?« Sie hatte ihre Augenbrauen leicht angehoben. Die linke mehr als die rechte. Sie hatte den Zettel gelesen.

»Meine Geschäftspartnerin«, klärte Andreas hastig auf. »Sie ist in Heidelberg«, setzte er unsinnigerweise hinzu.

Er überlegte krampfhaft, wie der Name seiner Besucherin war. Er konnte ja schlecht einfach danach fragen.

Während er noch grübelte, packte er die Alkoholflasche entschlossen unter die Spüle zu der anderen. Klappernd wühlte er in einem Karton auf der Suche nach Kaffeepulver. Er beschloss, erst einmal den Wasserkocher zu füllen. Als er den Kopf drehte, saß sie da. Auf seinem Stuhl. Unfassbar. Ein solches Bild der zauberhaften Schönheit in seiner chaotischen Küche.

»In Eberbach gibt es wirklich leckeres Eis. Da ist eine Eisdiele am oberen Markt und da könnte man auch …«

Sie lachte herzlich. »Das ist mir schon bekannt.« Sie schmunzelte immer noch. »Ich lebe seit 36 Jahren in Eberbach.«

36 Jahre? Alexander war begeistert. Sie sah klasse aus. Er setzte die Wühlerei und Suche nach Kaffee fort. Endlich fand er die Metalldose. Zehn Minuten später saßen beide vor einer Tasse und nippten an der grauenerregenden Brühe. Leider hatte Andreas weder Milch noch Zucker finden können. Sie blickte auf die Uhr und stand auf.

»Ich muss weiter. Ich habe noch Chorprobe. Melde dich doch einfach, wenn du Lust und Zeit auf ein Eis hast. Ich schreibe dir schnell meine Handynummer auf.« Sie schrieb auf den Zettel unter Sabines Nachricht ihre Nummer und weg war sie. Andreas starrte noch minutenlang in seine leere Wohnung und fragte sich, ob sie wirklich da gewesen war.

Am nächsten Tag trafen sich Andreas und Christian im ehemaligen Café Journal in der Heidelberger Innenstadt. Andreas hatte versucht, Sabine anzurufen, aber sie hatte ihre Mailbox eingeschaltet. Er konnte sich vorstellen, dass sie extrem sauer auf ihn war. Er sollte dringend mit ihr besprechen, wie es weitergehen sollte. Das war nicht das erste Seminar, das er völlig verpasst hatte. So eine Seminargruppe machte die Hälfte des erforderlichen Geldes im Monat aus. Raucher zahlten ganz gerne für so eine Hypnoseentwöhnung. Hoffentlich war nicht allzu viel passiert. Normalerweise waren sie aber mit diesen Kursen ausgebucht …
 Nachdem sich Andreas einen doppelten Espresso bestellt hatte, legte Christian Tatortfotos auf den Tisch – nicht ohne sich vorher erst umgesehen zu haben. Sie saßen völlig unbeachtet von anderen Gästen in einer ruhigen Ecke. Normalerweise war das Café immer sehr gut besucht. Für eine vertrauliche Besprechung vielleicht eine mäßige Wahl, aber sie hatten genau den richtigen Tag erwischt.
 »Ich habe ja kein Büro oder so etwas hier in Heidelberg. Mir wurde zwar ein Raum gestellt, aber mir ist es erst einmal recht, wenn niemand erfährt, dass ich dich um Rat gefragt habe. Wenn du jetzt regelmäßig in einem Präsidium einläufst, wäre das erst mal kontraproduktiv.«
 Andreas zog die Mappe näher zu sich heran und vertiefte sich in den Inhalt.
 Auf den Bildern war eine leblose Person mit abnormal überstrecktem Nacken auf Asphalt zu sehen. Sie hatte einen un-

scheinbaren Kurzhaarschnitt und sportliche Kleidung. Eine Jeans, eine Baumwollbluse, Sportschuhe. Die Augen waren geschlossen. Ihre Lippen waren mit einem dunklen Material zugenäht. Es sah so aus, als wäre mit einem dicken Filzstift darübergemalt worden. Ähnlich vielleicht einer Voodoo-Puppe. Sie sah trotzdem ruhig und friedlich aus. Ein wenig, als wenn sie schliefe. Das Bild hatte etwas unglaublich Verletzliches und Rührendes an sich, aber natürlich auch Trauriges. Und das, obwohl oder vielleicht gerade weil der Mund mit dickem Faden vernäht war. Andreas betrachtete das Foto lange und tauchte in das Szenario ein. Man hatte sie gerade hingelegt. Ein wenig wie man früher einen Ritter aufgebahrt hätte. Sie war nicht achtlos weggeworfen worden. Viel Leid und Trauer lag in dem Bild. Schmerz. Verzweiflung, aber auch ein Ende von etwas. Ein Schlussstrich vielleicht. Es war bizarr: Das war ein friedliches und schönes Bild.

»Was ist das für ein Material, mit dem sie zugenäht wurde?«, fragte Andreas.

»Seide. Stärke 3/0.«

»Seide? Seltsam.«

»Nein, ganz häufig«, klärte Christian auf. »Wird in der Chirurgie total häufig verwendet. Ist ein Material, das sich nicht auflöst. Also häufig bei Bauch-OPs, Muttermalen, Knochenbrüchen ... So ziemlich bei allem in der Medizin möglich. Nur bei Schönheitsoperationen und in der Gefäßchirurgie verwendet man feinere Nähte. Sie hatte ein starkes Beruhigungsmittel im Blut. Midazolam heißt der Wirkstoff. Also insgesamt scheint der Täter medizinisch recht gut Bescheid zu wissen. Das haben wir bei Mord relativ häufig. Sonst hatte sie noch Reste eines Elektrolytgetränks im Magen. Das passt aber ganz gut mit dem rekonstruierten Tagesablauf zusammen. Einen Tag vor ihrem Tod war sie auf dem Sportplatz der Schule laufen und hat dann dort geduscht. Das war allgemein bekannt. Sie hat das seit Jahren regelmäßig einmal die Woche so gemacht. Sie hatte keine Anzeichen von Gewalt an sich. Der Täter hat sie erst betäubt, irgendwie ersticken lassen und ihr dann den Mund zugenäht. Sie wurde erst über einen Tag nach ihrem Tod nachts auf den Parkplatz gebracht und montags gefunden. Donnerstags ist sie verschwunden, samstags gegen 17 Uhr verstorben und montags früh wurde sie vom Hausmeister der Schule gefunden.«

»Habt ihr einen Verdacht, was das mit dem Zettel auf sich hat?«

»Der Zettel war in Blockbuchstaben handgeschrieben auf einem Notizblock eines Frankfurter Tagungshotels. Der Täter schien sehr sicher zu sein, dass er keine Spuren hinterlässt. Hier sind die Fotos.« Christian schob Andreas einen neuen Stapel zu. »Er hat Latexhandschuhe, ungepudert verwendet. Allein im vergangenen Jahr wurden genau diese Seminarblöcke an über 5.000 Menschen verteilt, die in besagtem Hotel an Kongressen, Seminaren oder Fortbildungen teilnahmen. Knapp 1.000 davon waren aus der Medizinbranche. Es gibt keine Fingerabdrücke, nichts. Er muss sie transportiert haben, aber ohne weitere Anhaltspunkte haben wir kein Fahrzeug, das wir untersuchen könnten. An ihrer Kleidung wurden Reste einer Kofferraummatte gefunden, die es in exakt dieser Ausführung jährlich bei Aldi zu kaufen gibt.«

»Und das mit den Anschuldigungen?«

Christian nickte und schnaufte.

»Ja, der zugenähte Mund und das mit den Lügen ist eine Spur. Das Opfer war vor neunzehn Jahren Zeugin in einem Mordprozess. Es ging dabei um das Verschwinden eines kleinen Jungen. Die Polizei hat tagelange nach dem damals 10-Jährigen gesucht. Man fand ihn schließlich in einem Waldstück in der Nähe von Sinsheim. Man hatte sich sexuell an dem Kind vergangen. Damals wurde ein Mann verurteilt. Stefanie Zimmermann, unser Opfer, hatte in diesem Verfahren angeblich den Verurteilten mit dem missbrauchten

Jungen in einem Auto zusammen gesehen. Sie war einzige Augenzeugin in diesem Kinderschänderprozess. Der damals Verurteilte verstrickte sich in Widersprüche und hat die Tat auch nie bestritten. Er kam wegen guter Führung vor zwei Jahren raus.«

»Natürlich war es dieser Verdächtige in unserem Mord nicht.«

»Nein, er hat in unserem jetzigen Mord ein gutes Alibi: Er ist auch tot. Hat sich vor ein paar Wochen erhängt.«

Andreas überlegte kurz.

»Gab es da Angehörige?«

»Ja, eine Exfrau und zwei Kinder. Ein Junge und ein Mädchen. Die Frau hat sich ziemlich bald nach der Verurteilung des Mannes scheiden lassen. Sie ist seit einigen Jahren wieder verheiratet. Lebt jetzt auf dem Land.«

»Und die Kinder?«

»Die Tochter dieses Mannes ist mittlerweile Zahnärztin und arbeitet in einer Kinderzahnarztpraxis in Heidelberg. Sie hat ein Alibi. Und der Sohn studiert Jura. Er war zur Tatzeit auf einem Zeltausflug mit Freunden.

Also, die ganze Ex-Familie dieses Mannes erscheint mir doch sehr weit weg. Warum sollten sie jetzt, nachdem so viele Jahre vergangen sind, diese Frau umbringen. Sie hätten sie doch schon längst aus dem Weg schaffen können. Da fehlt mir das Motiv. Alles andere haben wir auch schon abgeklappert: Stefanie Zimmermann hatte keine Geschwister, die Ehe wurde friedlich geschieden, kein Stress mit den Kollegen, keine Geldsorgen, kein Hinweis auf einen neuen Mann, keine Skandale. Überall gut angesehen und eher unauffällig. Ein Kollege von ihr sagte, sie sei früher eine aparte, junge Frau gewesen. Aber seit einigen Jahren kleide sie sich nur noch in Ökobaumwolle und sei »vielleicht erst auf den zweiten Blick attraktiv«, wie er sich ausdrückte. Er hat auch ein Alibi. Musiklehrer und Konzertprobe an dem Abend.«

Andreas sagte zu Christians Überraschung: »Ich werde mit der Zahnärztin beginnen. Das mit den Handschuhen und dem Nähgarn …«
»Seide!«
»Das mit den Handschuhen und der Seide erscheint mir eine Richtung zu sein. Wie soll ich mich vorstellen? Als Polizist? Privatermittler?«
Christian schüttelte ratlos den Kopf. »Dresel, ich habe keine Ahnung.«
Schon wieder dieser Spitzname …
»Vielleicht sprichst du sie erst einmal nur *sehr vorsichtig* auf ihren Vater an. Wahrscheinlich ist sie noch ziemlich verunsichert wegen unserer Ermittlungen. Versuch dein Glück. Jeder Hinweis könnte helfen«, schloss Christian das Gespräch ab.
Er beglich die Rechnung und beschrieb einen Zettel mit der Adresse der jungen Frau und schob ihn über den Tisch. Andreas steckte den Zettel sorgfältig gefaltet in die Brusttasche seines Hemdes.
»Kann ich in die Wohnung des Opfers? Das wäre wichtig für mich. Was ist mit der Spurensicherung?«
»Die Wohnung ist wieder freigegeben. Aber ich vermute, dass die Eltern noch nichts ausräumen konnten. Ich nehme an, mittlerweile ist der Mietvertrag regulär gekündigt und sie haben die Wohnung noch ein knappes Vierteljahr. Auch ist Stefanie Zimmermann bereits beerdigt. Es gab keinen Grund, sie noch länger liegen zu lassen.«
Andreas nickte abwesend. Dann konnte er also bei der Beerdigung nichts mehr beobachten. Die war schon gelaufen.
Er trank den mittlerweile kalten Rest seines Espressos. Eine Schande, dieses leckere Kunstwerk der Kaffeekunst so sträflich zu missachten. Andreas merkte es gar nicht. Er war in seinen Gedanken.
»Ach, Christian, eh ich es vergesse: Sie ist Sekretärin. Deine Neue. In einem sehr guten Vorzimmer; ihr Chef ist häufig

im Ausland mit ihr unterwegs. Gute Geschäftskontakte nach Frankreich. Und sie ist dunkelhaarig und eher rund.«

»Dresel, du schaffst mich! Woher weißt du das?!« Andreas lachte. »Erzähle ich dir beim nächsten Mal vielleicht ...«

Fünf Tage später stieg Andreas in der Weststadt vom Rad. Das Fahrrad hatte er unter dem Protest einer Dame, der es im Weg war, im Zug transportiert. Trotz Fahrradabteilesy eine echte Herausforderung.

Danach hatte er sich klassisch mit einem Stadtplan aus Papier in den Heidelberger Verkehr gestürzt. Der Verkehr und die Stadt wälzten sich durch die heiße Luft und selbst die Kinder, die auf den Straßen spielten, bewegten sich langsamer oder drückten sich im Schatten der Häuser herum. Alles brutzelte auf dem kochenden, trockenen Asphalt.

Das schwüle Wetter hatte ihn wieder komplett durchnässt. Der Schweiß rann im über das Gesicht und er blinzelte mit brennenden Augen, als er auf die Klingel drückte. Es war Spätnachmittag und ein Mittwoch.

Er hoffte, dass diese Jessica Wiedemann nicht an der Neckarwiese lag und ein Sonnenbad nahm. Oder die Kühle des Waldes suchte und spazieren gegangen war. Mittwochs hatten viele Arztpraxen immer noch geschlossen. Zwar war in Zeiten der globalen Vernetzung wenig, wie es früher war, aber dennoch rechnete er sich mittwochs besonders hohe Chancen aus.

Der Türöffner summte. Ha! Jemand daheim. Er stieg das kühle Treppenhaus hinauf. Hier roch es erstaunlicherweise nach Wald und Erde. Wie in einem Park. Vielleicht auch nach trockenem Stein, aber kein wenig nach Keller, wie es so oft in Treppenhäusern der Fall war. Er überlegte kurz, ob sein Kopf ihm einen Streich spielte. Die alten Steinstufen fühlten sich fest und sicher an. Bei der Hitze war das fahle Dämmerlicht sehr angenehm. Niemand hatte die Flurbeleuchtung angeschaltet.

»Frau Wiedemann?« Jetzt ging die Deckenbeleuchtung doch noch an. Er stieg die Treppe weiter nach oben. Sie schaute ihm neutral und offen aber auch ein klein wenig scheu entgegen: »Ja.«

Sie war sehr hübsch, trug aber die Haare raspelkurz und war sehr dünn. Ihre Kleidung konnte man als sportlich neutral bezeichnen.

»Jessica Wiedemann?«

» Ja, bitte?«

»Oh, ist das ein heißes Wetter. Mir läuft der Schweiß nur so den Rücken herunter.«

Sie nickte mitfühlend, aber auch misstrauisch.

»Aber hier im Treppenhaus ist es richtig angenehm …« Sie nickte wieder. Andreas lächelte. Das lief ja schon ganz gut an.

»Was kann ich für Sie tun?«, fragte sie, als er näher kam. Ganz so, als ob ihn diese Frage ihr irgendwie vom Leib halten könnte. Er stieg die letzten Treppenstufen zu ihr nach oben, blieb aber vier Stufen vom Absatz entfernt stehen. Sie war sichtlich nervöser geworden und rieb an ihrer Jeans unbewusst leicht auf und nieder. »Wenn Sie mir nach einem Glas Leitungswasser ein paar Fragen beantworten würden, wäre ich schon sehr glücklich.« Er lächelte gewinnend.

»Ein Glas Wasser?« Erst weiteten sich ihre Augen entsetzt. Dann sah es so aus, als ob sie sich innerlich zur Ordnung rief, und ihre Schultern entspannten sich etwas. Sie schüttelte den Kopf, als wenn sie etwas verscheuchen wollte, und zwang sich zu einem künstlichen Lächeln.

»Ja, sicher. Warten Sie …« Sie hatte sich schon etwas umgewendet, als sie sich anders entschied. »Oder kommen Sie doch einen Schritt herein.« Perfekt. Obwohl sie sichtbar vorsichtig und auch unwillig war, ging sie in ihre Wohnung voran. Vielleicht weil die Situation so absurd war, dass kein Verbrecher auf so eine seltsame Idee käme.

»Was für eine bemerkenswerte Einrichtung. Sie haben wohl einen ganz guten Geschmack.« Die Wohnung war in peinlichster Ordnung. Alles schien mit dem Lineal aufgestellt worden zu sein und war sauber. Zu sauber.

Sie errötete leicht und sagte schlicht »Danke.«

Während sie in der Küche am Spülbecken das Glas mit Leitungswasser füllte, lächelte er ihren Rücken an und verbreitete eine leichte, sonnige Stimmung. Ihre Bewegungen wirkten eigenartig gestelzt. Jeder Handgriff vollkommen kontrolliert. Sie holte ein Glas aus dem völlig symmetrisch eingerichteten Regal und füllte es am glänzenden und fleckenfreien Wasserhahn bis zur Hälfte mit Leitungswasser.

»Der Sommer ist zwar so eine schöne Jahreszeit, aber ich bekomme dann immer so schnell einen trockenen Mund. Heidelberg ist an Sommerabenden die vermutlich schönste Stadt überhaupt. Finden Sie nicht?«

Andreas war überrascht, dass sie ihn hereingelassen hatte und plapperte jetzt seicht dahin, um die Atmosphäre etwas zu entspannen.

»Doch. Da haben Sie recht. Heidelberg ist wirklich schön.« Jetzt blickte sie ihn fest an. »Was kann ich für Sie tun? Normalerweise lasse ich Fremde nie in meine Wohnung, aber ich kann fühlen, dass sie mir nichts tun.« Sie wirkte völlig verwirrt, aber auch ein klein wenig trotzig. Andreas lächelte sie freundlich an. Ihr linker Daumen spielte an der Innenseite eines Rings. Es war immer wieder dasselbe auf und nieder Streichen auf dem Metall.

»Ich bin wegen Ihres verstorbenen Vaters hier.«

Ihr Kopf ruckte etwas nach oben und das Spiel mit dem Ring wurde kurz unterbrochen, um dann mit gesteigerter Geschwindigkeit weiterzugehen.

»Tut mir leid.« Ihre Stimme war merklich abgekühlt. »Ich hatte seit dieser Sache damals praktisch keinen Kontakt zu meinem leiblichen Vater. Ich kann Ihnen da nicht weiterhelfen. Als meine Mutter meinen Stiefvater geheiratet hat, war ich noch klein. Ich habe Thomas Wiedemann bis zu seinem Tod kaum noch gesehen. Wir haben nach seiner Entlassung aus dem Gefängnis einmal einen Kaffee getrunken, aber ich wollte mit diesem Mann auch nichts zu tun haben.«

Eine bedrückende Stille entstand und stellte sich zwischen sie.

»Aber Sie tragen immer noch seinen Nachnamen?«

Er versuchte die Mauer wieder abzubauen und drehte seine Handflächen im Stehen sanft nach oben-vorne und klappte seine Schultern etwas ein.

»Ja, als Kind habe ich darunter mehr gelitten. Thomas Wiedemann hat einer Adoption nie zugestimmt. Wir mussten seinen Nachnamen behalten.«

Ihre Stimme war fast weich geworden. Sie *wollte* den Namen also behalten!

»Sie hatten, wenn ich das richtig verstehe, die ganzen Jahre keinen Kontakt und können über Ihren Vater so gut wie nichts sagen. Wie war denn ihr Verhältnis bevor er verurteilt wurde?«

Ihre Augen nahmen einen traurigen Farbton an. Fast violett.

»Er war sehr liebevoll. Er hat sehr oft mit uns musiziert. Das heißt, Jan konnte nur trommeln und rasseln. Er war ja noch ganz klein. Aber wir haben sehr viel gelacht und gespielt. Ich konnte damals nicht begreifen, dass er uns einfach im Stich gelassen hat. Er hat immer gesagt: Ich werde immer für dich da sein und dich beschützen, Prinzessin. Und? Gar nichts war. Er saß im Knast wegen Mordes und Kindesmissbrauch. Na, danke.« Ihr gesamter Körper strahlte Enttäuschung und Trauer aus. Das Fenster, das sich kurz in ihrem Inneren geöffnet hatte, war wieder zu.

»Ist Jan Ihr Bruder?« Andreas hatte sich etwas genähert.

Jetzt wirkte sie völlig kontrolliert und professionell.

»Ja, Jan ist mein kleiner Bruder. Wir hängen sehr aneinander. Ich habe ihm vor drei Jahren sogar die Weisheitszähne herausgemacht. Er studiert Jura. Ich bin sehr stolz auf ihn. Er kommt mich häufig besuchen. An den Wochenenden übernachtet er oft bei mir, da es in seiner WG so laut ist. Da kann er schlecht lernen. Er ist auch mehr ein introvertierter Mensch.

Von unserem leiblichen Vater haben wir vermutlich nur die Musik. Wir spielen beide Klavier.«

Andreas hatte das Gefühl, es würde eine Information aus dem Gesagten wie ein Insekt um seinen Kopf herum schwirren und er sollte danach greifen. Doch bis jetzt konnte er den Gedanken nicht einfangen. Nachdenklich betrachtete er die junge zurückhaltende Frau mit den traurigen Augen.

»Vielen Dank, Frau Wiedemann. Sie haben mir sehr geholfen.« Er lächelte noch einmal gewinnend und überreichte ihr das leere Trinkglas. »Einen wunderschönen Abend wünsche ich Ihnen. Vielleicht am Neckarufer?«

Ihre Augen weiteten sich wieder und der Finger spielte schnell und rhythmisch an dem Ring an ihrer Hand. Spannend.

Damit verließ er die Wohnung. Draußen erwartet ihn brütende Hitze. Beschwerlich schloss er sein Radschloss auf und hob schnaufend das Bein über die Stange, um mit dem Hintern auf dem Sattel zu landen. Im Schneckentempo rollte er zurück zum Hauptbahnhof. Er trat gerade so viel, um nicht stehen zu bleiben.

Eigentlich sollte er noch bei Sabine reinschauen. Kurz. Oder den Bruder dieser Jessica Wiedemann aufsuchen. Oder den Exmann des Opfers ... Die Hitze war erdrückend. Sein rechter Finger pochte vor sich hin. »Ich muss dringend zum Arzt. Der Holzspreißel sollte raus.« Vielleicht in Eberbach.

Er musste noch 22 Minuten auf dem Bahnsteig warten. Es standen viele Berufspendler herum und unterhielten sich. Als der Zug endlich einrollte, hatte er das Gefühl, aus warmer Knetmasse zu bestehen. Die Bitumenstreifen unter seinen Füßen fühlten sich auch wie Knetmasse an. Er sehnte sich rasend nach einem kühlen Bier. Oder besser fünf. Er würde den Abend im »Braumeister« in Eberbach beschließen.

Am nächsten Tag saß Andreas früh im Zug nach Stuttgart. Die Lüftung arbeitete zu dieser Zeit noch ausreichend. Trotz der frühen Tageszeit war der Zug schon relativ voll. Je mehr er sich der Metropole näherte, umso mehr Pendler und Berufsreisende stiegen zu. Die Gesichter waren noch *echt* morgens. Unkontrolliert, freundlich, frisch gewaschen und verschlafen. Andreas genoss kurz diesen unverfälschten Blick in die Gemütslage seiner Mitmenschen. Mimik konnte man morgens noch besser und ehrlicher lesen als den restlichen Tag. Viele kulturelle und persönliche Kontrollmechanismen waren morgens noch nicht voll eingeschaltet. Man konnte schnell viel über die Wahrnehmungskanäle und Verfassung eines Menschen erfahren. Die Arme steckten Reviere ab und regelten die Nähe der Reisenden zueinander. Er sah gerne den Spielen des täglichen Zusammenlebens zu. Es war wie Tanzen.

Er hatte sich in einen grauen Anzug geworfen und sah durchaus aufgeräumt aus. Professionell, gepflegt, vorbereitet.

Die Landeshauptstadt umfasste ihn fest und geschäftig. Er nahm sich ein Taxi.

Das Mitarbeiterseminar eines großen Automobilherstellers war schon lange gebucht. Gut gelaunt erreichte er seinen Auftraggeber.

Er verbrachte den Tag in einem gut klimatisierten Fortbildungsraum und war abends froh, wieder ein wenig Geld in die Kasse gespült zu haben. Die Teilnehmer hatten aufgeschlossen und interessiert auf seine Ausführungen reagiert. Insgesamt ein guter Auftrag.

Auf der Rückfahrt im Zug lag die Temperatur deutlich höher und er nickte ein. Sein Sakko hatte er auf seinen Knien, die Ärmel ein wenig heraufgekrempelt. Schweiß rann ihm leise den Rücken und an der Brust hinunter und hinterließ feuchte Inseln.

Ein wirrer Traum geisterte durch seine Hirnwindungen. Er war in einer Zahnarztpraxis und jemand wollte ihm ständig etwas sagen. Allerdings kamen keine Laute aus dem Mund. Der war zugenäht. Er konnte das Gesicht nicht erkennen. Alles war ganz still. Ein kleines Metallplättchen flog um seinen Kopf und immer wenn er es fassen wollte, flog es wie eine schnelle Fliege weg. Dabei blieb alles ganz still. Als hätte man den Ton abgedreht.

Er wachte schweißgebadet in Zwingenberg auf. Andreas versuchte, erst einmal seine Gedanken zu sortieren, und stieg in Eberbach aus.

Auf dem Fußweg zu seiner Wohnung zurück waberten die Informationen ungeordnet durch seinen Kopf. Er rauchte drei Zigaretten hintereinander und hatte das Gefühl, mit jedem Schritt unwichtige Gedanken auf dem Weg zu lassen. Vielleicht wie bei einem großen Sieb. Die wichtigen Dinge blieben als Gemisch oben und die unwichtigen fielen hindurch. Schritt für Schritt. Vor seinem Haus angekommen blieb er erst kurz in Gedanken versunken stehen, räumte dann kurzerhand seine Lederaktentasche in die Nische hinter der Haustür und verließ das Haus danach wieder. Das Leben auf den Straßen verschwamm und trat verblassend in den Hintergrund. Das Spielen der Hunde und deren Bellen, die Gespräche der Passanten, die Motorengeräusche der Autos.

Seine Schritte führten ihn wie magnetisch angezogen Richtung Neckar. Dort ging er rauchend das Ufer entlang. Und die leisen Geräusche seiner Schritte vermischten sich mit dem Rauschen und Flüstern des Flusses und sein Körper wurde von den Farben der untergehenden Sonne umhüllt und flossen ineinander. Wie ein dumpfes Trommeln schlugen die Sohlen seiner eleganten Anzugschuhe auf dem trockenen erdigen Boden auf und verstummten immer beim Auftreffen auf den dichten Grasbüscheln.

»Ja, ich habe meine Exfrau noch einen Tag vor ihrem Tod gesehen. Sie war guter Dinge und plante ein Projekt mit Bäumen zu übernehmen. Sie wollte meines Wissens nach eine Parkanlage mit Schülern pflegen. Unser Zusammentreffen war allerdings nicht sehr lange. Sie hatte danach noch einen Termin in der Stadt. Sie wollte noch etwas in einem Geschäft abholen.«

Dr. Christoph Zimmermann war ein attraktiver Mittvierziger. Er trug ausgesprochen teure Kleidung und eine echte Rolex. So ganz schien er nicht zu der biologisch-praktischen Aufmachung seiner Exfrau zu passen.

»Was machen Sie genau beruflich?« Andreas fühlte sich nicht wohl in seiner Haut. »Ich bin Arzt. Hautarzt. Aber das habe ich alles bereits Ihren Kollegen erzählt. Sie sollten meine Zeit nicht mit unsinnigen Fragen vergeuden.« Der Typ hatte so etwas Herrisches und Eingebildetes an sich.

»Was wollte Ihre verstorbene Frau ...«

»*Ex*-Frau!« Jetzt klang Dr. Zimmermann resignierend. Aha!

»... Ihre verstorbene Exfrau denn an diesem Tag abholen? Wissen Sie das?«

Der Mediziner nickte. »Ein Cello. Sie hatte es innen gründlich reinigen lassen.«

Ein kleines Steinchen in seinem Kopf tanzte lebhaft auf dem Informationssieb.

»Vielen Dank, Herr Doktor Zimmermann. Sie haben mir sehr viel weitergeholfen.«

Er konnte fühlen, dass der Arzt ihm hinterherblickte.

Zu Fuß ging er, sein Rad neben sich herschiebend, von Neuenheim in Richtung Neckar, überquerte die alte Theodor-Heuss-Brücke und folgte der Sofienstraße bis zum Adenauerplatz und weiter über die Rohrbacher Straße bis zum Bahnhof. Er bemerkte gar nicht recht, wie er die ganze Strecke zu Fuß ging. Auch die Menschen und das Leben um sich herum nahm er kaum wahr. Zumindest nicht bewusst.

Morgens war er bei den Eltern des Opfers gewesen. Die älteren Leute waren verständlicherweise völlig gebrochen. Das einzige Kind ermordet. Er hatte mit der Mutter der verstorbenen Stefanie Zimmermann einen Matetee getrunken und die Fotos an der Wand betrachtet.

Stefanie als Kleinkind, Stefanie als Schulkind, Stefanies elfter Geburtstag, Stefanie mit ihrem ersten Auto, Stefanies Abiturfeier, Stefanie bei der Magisterverleihung, Stefanies Hochzeitsbild. Alle Bilder zeigten eine wunderschöne junge Frau mit wallenden, langen Haaren. Mit dem Hochzeitsfoto stimmte etwas nicht.

»Wann hat sich Ihre Tochter eigentlich diese wunderschönen Haare schneiden lassen?«

»Vor zwei Jahren. Sie sagte damals, es sei Zeit, endlich ihr Leben zu ändern. Wir konnten das nicht recht nachvollziehen. Sie war immer so hübsch mit dem Zopf.«

Der Mutter rollten wieder mehrere Tränen über das Gesicht.

»Sie hat sich schon vor fünf Jahren von ihrem Mann getrennt. Wir haben uns mit Christoph immer gut verstanden. Er ist so ein stattlicher Mann. Und so erfolgreich. Er war Stefanies erste große Liebe. Sie haben sich während ihres Studiums kennengelernt. Wir waren ja froh, dass sie endlich mal einen Mann mit nach Hause bringt. Sie war so ein aufgewecktes, aber stilles Kind. Egal, wo sie war, die Menschen mochten sie. Wir können das alles nicht verstehen. Diese ganzen Umstände! Das muss ein völlig wahnsinniger Mensch getan haben! Sie war so nett und still und sie hat so wunderschöne Musik gemacht. Sie wollte sich jetzt um die Heidelberger Parkbäume kümmern, wissen Sie? Sie hat Biologie studiert. Wir haben so schöne Zeichnungen von der Natur, die sie gemacht hat. Sie hatte die Geduld, sich stundenlang dem Zeichnen hinzugeben. Wahrscheinlich hat der Täter sie verwechselt. Es gibt einfach keinen Grund!«

Andreas nahm die Details wie ein Schwamm auf.

»Und der Exmann? Wie war das Verhältnis der beiden nach der Scheidung?«

Frau Ortmann blickte auf und sah ihm fest in die Augen.
»Gut. Also, erst hat er ziemlich gelitten. Aber so ein Mann bleibt ja nicht ewig allein … Er hat vor zwei Jahren wieder geheiratet und ist mittlerweile Vater eines kleinen Sohnes.« Jetzt klang sie fast ein wenig trotzig.

»Er ist wieder verheiratet? Und seine neue Frau? Wie verstand die sich mit Stefanie?«

Ihre Lippen wanderten abschätzend nach vorne und waren dabei fest zusammengepresst.

»Na, ja. Also nehmen Sie es mir nicht krumm, aber die neue Frau meines Schwiegersohnes ist ein wenig – na, wie soll ich es ausdrücken – ein wenig dumm eben. Sie ist voll und ganz mit dem Baby und dessen Kleidung und dessen Mittagessen und dessen Spielzeug beschäftigt. Sie hatte, glaube ich, keine Ahnung, dass Christoph und Stefanie weiter guten Kontakt pflegten. Ich habe sie auch nur einmal gesehen …Ich habe insgeheim immer darauf gewartet, dass aus Stefanie und Christoph wieder ein Paar wird.«

»Und wissen Sie etwas von den Arbeitskollegen Ihrer Tochter? Gab es da einen besonderen Kontakt?«

»Nein, da habe ich gar nichts gehört. Sie hat über ihre Kollegen nicht gesprochen.«

Nachdem Andreas um Stefanie Zimmermanns Wohnungsschlüssel in Eppelheim gebeten hatte, bedankte er sich bei der Mutter und verabschiedete sich höflich.

Anschließend war er zur Heidelberger Hauptstraße gefahren. Dort musste er zu Fuß weiter. Er wollte ein wenig in einem Lokal sitzen und nachdenken. Er ging gemütlich in Richtung Heiliggeistkirche.

Das neue »Schmidts« lockte ihn in den gemütlichen Innenhof.

Er beschloss spontan, etwas zu essen. Die Karte war schlicht zu verlockend, um zu widerstehen. Da hatte ein Mensch, der auf allen Essen-Sinneskanälen Vollgas fuhr, eine Speisekarte zusammengestellt. Er bestellte. Und seine Vorfreude wurde noch übertroffen. Das Rindersteak präsentierte sich wohl gebraten, aber saftig und mager neben den kross- goldenen Bratkartoffeln und den zarten Bohnen in einem knackig-knusprigen Speckmantel. Er starrte einen Moment den ansprechend arrangierten Tellerinhalt an und schnupperte. Eine Woge heimeliger Vergangenheit und Omas Sonntagsessen schwebte zu seiner Nase und verursachte ein breites, zufriedenes Glücksgefühl.

Danach krönte er das Fest noch mit einer Portion Tiramisu.

Wie ein vollgefressener Kater saß er anschließend auf seinem Stuhl, grinste selig in sich hinein und rauchte eine Zigarette. Essen konnte manchmal so glücklich machen.

»Andreas? Hier Christian. Wir haben jemanden gefunden, der ein Problem mit der Toten hatte: Am Ende der Straße, in der Stefanie Zimmermann in Eppelheim lebte, hat ein Gartenbesitzer einen alten Nadelbaum abgeholzt. Der Stamm hatte wohl einen Durchmesser von 21 Zentimetern, und den hätte er laut Schreiben des Ordnungsamtes gar nicht fällen dürfen. Naturschutz. Stefanie Zimmermann hatte den Stumpf vermessen und ihn angezeigt. Kann man sich über eine blöde Anzeige so ärgern, dass man eine Frau umbringt? Immerhin hat sie ihn ja ›verraten‹. Also würde das auch ganz gut zu der ›Lügnerin‹ passen, oder? Wenn du dich mit dem Mann in Verbindung setzen möchtest, kann ich dir die Daten weitergeben. Aber auch er hat ein gutes Alibi. Er war bei einer Versammlung seines Tennisvereins. Er ist Ehrenvorsitzender. Gesundheitlich schlecht beieinander. Es gibt jede Menge Zeugen, die ihn zum Todeszeitpunkt gesehen haben. Der Typ hat sich zwar richtig über die Tote geärgert, aber das reicht wohl kaum für einen Mord aus … Und? Bist du schon weiter gekommen?«

»Nein. Ich denke, da gibt es ein Detail, das ich längst wahrgenommen habe, das aber noch nicht im Bewussten angekommen ist. Den Sohn des Vergewaltigers damals habe ich noch nicht erreicht. Auch die Exfrau nicht. Sie ist mit ihrem jetzigen Mann, diesem Tierarzt, an die Nordsee gefahren. Da habe ich nur den Anrufbeantworter der Tierarztpraxis erreicht.

Insgesamt habe ich zwar das Gefühl, der Exmann inklusive neuer Familie hat nichts mit dem Ganzen zu tun, aber er könnte wahrscheinlich leicht an dieses Beruhigungsmedikament und die Seide kommen. Aber verdächtig verhält er sich trotzdem. Er verbirgt etwas, habe ich das Gefühl. Und natürlich seine neue Frau. Sie hat ein starkes Motiv: Eifersucht. Da schien sich wieder etwas anzubahnen. Die Mutter der Verstorbenen hat da so eine Andeutung gemacht. Vielleicht mit Grund.

Der Mund war ganz grob und ungeschickt vernäht. Ein Hautarzt hätte das wahrscheinlich gar nicht so hinbekommen. *absichtlich* kann man so schlecht wahrscheinlich gar nicht nähen. Selbst wenn er es grob hätte aussehen lassen wollen, wäre das Bild ein anderes gewesen, vermute ich. Seine neue Frau hätte ein Motiv. Aber, die Neue hat mit dem werten Herrn Doktor einen Stammhalter, während Stefanie Zimmermann keine Kinder mit ihm hatte. Das verleiht ihr auch große Macht.

Zwar wollte die Mutter des Opfers, dass die beiden wieder zusammenkommen, aber das erscheint mir doch fragwürdig. Na, man kann es nicht wissen. Dazu brauche ich mehr Informationen.«

»Saskia Zimmermann haben wir schon überprüft. Sie hat ein Alibi. Saß im Hotel. Sie hat Zeugen für den fraglichen Zeitraum. Sie muss dort Eindruck hinterlassen haben. Die Mitarbeiter konnten sich gut an sie erinnern. Sie muss sich unmöglich dort aufgeführt haben.« Andreas hakte eine innere Liste ab.

»Und der Kollege mit der Musikprobe?«

»Wasserdicht. Ein ganzes Orchester als Zeugen. Und danach Zeit mit der Familie. Seine Frau hat das bestätigt.«

»Hm. Sie hat Cello gespielt. Ich dachte, da gebe es einen Zusammenhang.

Was ist mit dem neuen Mann der Exfrau des Vergewaltigers? Der hat doch eine medizinische Ausbildung?«

Christian grunzte. »Aber überhaupt kein Motiv! Im Gegenteil. Er konnte seine Frau doch überhaupt erst heiraten, weil der erste Ehemann im Knast saß. Stefanie Zimmermann hat ihm noch einen Gefallen getan. Außerdem ist dieses Beruhigungsmittel mehr in der Humanmedizin verbreitet. Und zu einem solchen Mord gehören Gefühle. Starke Gefühle. Hass, Wut, Enttäuschung, Erniedrigung …«

»Ich habe die Eltern des Opfers besucht. Sehr nette Leute, sehr gesprächig. Natürlich hat das die Eltern ziemlich mitgenommen. Die Ehe läuft auch seit einigen Jahren schlecht. Er hat ein Verhältnis und sie weiß es. Die einzige Tochter war noch ein letztes Bindeglied, aber jetzt ist sie tot. So einfach lässt man sich aber mit Ende sechzig dann doch nicht scheiden. Wahrscheinlich weiß er nicht, dass seine Frau zu viele Tabletten nimmt. Vielleicht interessiert es ihn auch nicht wirklich.«

»Das alles haben dir die Eltern des Opfers erzählt?!«

»Nein, natürlich nicht. Viele Dinge sind sichtbar, ohne dass man sie *erzählt*.«

Andreas wanderte zum Neckarufer. Diesmal ging er neckarabwärts in Richtung Neckarwiese. Viele Libellen sirrten durch die Luft. Es war ein traumhafter Nachmittag. Die Luft war sauber und leicht. Warm und flüssig.

Wie immer an warmen Sommertagen waren viele junge Menschen auf der Neckarwiese, um zusammen das schöne Wetter zu genießen.

Plötzlich hatte Andreas eine völlig verrückte Idee: eine Aufstellung!

Er steuerte auf eine Gruppe mit elf jungen Leuten zu und fragte freundlich, ob er stören dürfe. Er wurde freundlich, aber überrascht aufgenommen.

Andreas fragte, ob man Lust hätte, sich für eine halbe Stunde Arbeit das Geld für drei Kisten Bier zu verdienen. Er blickte in überraschte, verblüffte Gesichter.

»Arbeit? Welcher Art, ist hier die Frage!« Ein großer, breitschultriger Teenager erntete Lacher.

»Fürs Herumstehen und Erzählen.« Andreas griff in seine Hosentasche und holte einige kleine Scheine heraus.

Wie gebannt hingen die Augen der jungen Leute an den Geldscheinen.

»Hälfte sofort und den Rest am Schluss. Dauert etwa eine halbe Stunde. Und ihr müsst mitmachen.« Andreas grinste.

»Hey, was bist'n du für'n seltsamer Typ? Da ist doch was faul.« Eine junge Frau hatte die Augen misstrauisch zusammengekniffen.

»Mag sein. Also, wie ist es jetzt? Machen wir das Geschäft? Ich brauche euch alle.«

Der mit den breiten Schulter trat vor und schlug in Andreas' Hand ein. Andreas drückte ihm die Hälfte des Geldes in die Hand und begann seine Aufstellung.

Eine Person nach der anderen arrangierte er auf der Wiese. Alle bereits bekannten Personen in seinem Mordfall wurden aufgestellt.

Er ging um jeden mehrmals herum und betrachtete die Konstellationen. Dann fragte er einen nach dem anderen, wie er sich fühle und ob sich etwas verändere, wenn er jemanden wieder umstelle. Er änderte Blickrichtungen, Konstellationen und Abstände.

Die jungen Leute gerieten zunehmend in eine angenehme, interessierte Stimmung. Keiner wusste, worum es bei dieser Art Beschäftigung eigentlich ging und warum Andreas das machte. Aber es faszinierte alle immer mehr. Man konnte spüren, wie viele Gefühle und Verknüpfungen in dieser Aufstellung steckten. Nach einer guten halben Stunde bedankte sich Andreas bei allen Mitwirkenden und zahlte den Rest des Geldes aus.

Ein Kleinerer mit einer witzigen Brille und lebhaften Augen fragte: »Und warum haben Sie das jetzt getan?«

»Das ist eine gute Frage. Ich wollte vielleicht wissen, wer mit wem …« Er erntete nur ratlose Gesichter und verabschiedete sich lachend.

Ihm war so einiges mehr über die Verdächtigen klar. Innerlich notierte er sich, dass er Christian bitten wollte, ihm das Geld zurückzuzahlen. Aber es war eine gute Aufstellung gewesen …

Am nächsten Tag suchte er schon morgens nach einer Arztpraxis. Sein Finger war schon seit Tagen dick und klopfte höllisch. Er hatte in den letzten Tagen ständig ASS eingeworfen. Schmerztabletten. In der Apotheke sagte man ihm, der Finger würde auch mit den Tabletten abschwellen … In der Praxis setzte er sich zwischen die Erkältungskranken, Diabetiker, Magen-Darm-Grippen, Knochenbrüche und Bluthochdruckler und harrte seines Schicksals. Neben ihm unterhielten sich zwei ältere Herren über Zahnimplantate: »Da müssen die Zahnärzte noch einmal lange Lehrgänge machen. Mein Zahnarzt hat mir erzählt, er war da erst in Frankfurt und dann in der ganzen Bundesrepublik.« Na, klasse. Tolles Thema so früh am Morgen. Zahnersatz. Neben ihm erklärte eine Mutter flüsternd ihrem kleinen Töchterchen, dass es höflicher sei, still sitzen zu bleiben und nicht so herumzuschreien.

Nach 2 Stunden und 44 Minuten durfte er sich in das Sprechzimmer mit historisch wertvollen Fünfzigerjahre-Möbeln setzen. Der Arzt war ähnlich historisch. Wahrscheinlich hatte er die Möbel von seinem Vorgänger übernommen. Genau wie den Gesichtsausdruck. Freundlich blickend sprühte er den Finger mit einer klaren Flüssigkeit ein, drehte sich kurz um, um mit einer Betäubung in der Hand weiter zu lächeln. Geschickt und zügig stach er die Nadel in die Nähe des Holzübeltäters (was ziemlich unangenehm war) und popelte dann mit einem Skalpell, das er zuvor aus einer Deckelschale geangelt hatte, den Spreißel aus dem Finger. Danach klebte er eine Kompresse mit Pflasterstreifen fest und verabschiedete sich. So, eine Sorge weniger.

Andreas hatte versucht aufzuräumen. Der Besuch der schönen Namenlosen lag bereits drei Wochen zurück. Er hatte alles durchsucht und auf den Kopf gestellt. Der Zettel. Er war weg. Einfach in Luft aufgelöst. Seine Wohnung glich jetzt noch mehr als vorher einem Schlachtfeld. Stapelweise Bücher und Kleider türmten sich auf dem Fußboden. Er hatte noch keinen konkreten Plan, wie er diesen ganzen Kram wieder sinnvoll aufräumen wollte, aber er da er bei jedem erneuten Durchsuchen alles wieder umschichtete, machte ein Ordnungsplan auch keinen Sinn. Er war wiederholt im »Braumeister« gewesen und hatte auf sie gewartet. Er hatte alle Menschen befragt, die in die Kneipe kamen, ob sie die schöne Unbekannte gesehen hatten. Er hatte bei drei Reitställen angerufen und sie beschrieben. Niemand wusste etwas. »Vielleicht sollte ich einige Regale kaufen und die Sachen auf dem Fußboden doch aufräumen. Vielleicht liegt ja etwas darauf oder der Zettel ist zwischen zwei Bücher oder so geflattert …« Er war wirklich verzweifelt.

Online bestellte er sich dreizehn Regale bei einem schwedischen Möbelhaus. Und achtundsiebzig Plastikboxen, sechs für jedes Regal, um Ordnung zu schaffen. Einrichtungsgegenstände mussten praktisch sein. Er hatte zurzeit überhaupt keine Nerven dafür, sich auch noch mit so einem nebensächlichen Kram zu behängen. Dieser Zettel musste wieder her. Entnervt zündete er sich eine Zigarette an und suchte in seinem Kopf nach Hinweisen, was mit der Telefonnummer passiert sein könnte. Es war eine Nummer, die mit 017 begann. Vielleicht war die Nummer in Trance wieder zusammenzubauen. Aber er bezweifelte es. Er hatte die Nummer nie wirklich gesehen. Wenn er den Zettel nur *einmal* wirklich angesehen hätte! Der Alkohol. In der letzten Woche hatte er praktisch nichts mehr getrunken. Nur ein paar Bier …

Mittlerweile war es glücklicherweise nicht mehr so heiß. Er wollte auch einen kühlen Kopf bewahren. Vielleicht sollten seine Ausflüge zum Eutersee erst mal warten …

Mit Sabine hatte er sich ausgesprochen. Er hatte einige neue Aufträge an Land gezogen und zusammen mit ihr eine Psychotherapiepraxis in Heidelberg angemeldet. Privat. Diese Weiterqualifikation mit der Krankenkasse wollte er nicht auch noch machen. Aber es hatte schon wieder der nächste Durchlauf Raucherentwöhnung begonnen. Diesmal *mit* ihm.

Immer und immer wieder hatte er sich die Bilder des Tatortes und seine Gedächtnisprotokolle der Gespräche angesehen. Er hatte das unangenehme Gefühl, etwas Wichtiges übersehen zu haben. Aber was? Er konnte fühlen, dass die Lösung bereits in ihm ruhte. Er dachte auch viel an seine Aufstellung an der Neckarwiese. Der Gedanke steckte noch irgendwo zwischen seinem Unterbewusstsein und Bewusstsein fest.

Dr. Fischer war gerade dabei, eine Getränkekiste aus seinem Kombi zu laden. »Dr. Michael Fischer?«

»Ja?« Er drehte sich zu Andreas um.

»Ah, Sie kommen gerade vom Einkaufen. Darf ich Sie trotzdem kurz stören?« Der Tierarzt nickte. Er war groß, sportlich und hatte eine straffe, aufrechte Figur. Er trug ein weißes Hemd und gut sitzende graue Hosen. Alles in allem eine ausgesprochen korrekte Erscheinung. Andreas fühlte sich schlagartig etwas unwohl und fragte sich innerlich, über sich selbst überrascht, welche Kindheitsgeschichte ihm vielleicht hier ein schlechtes Gewissen verursachte. Dr. Michael Fischer hatte die Hände in die Hüften gestemmt und beobachtete ihn breitbeinig. Vielleicht seine Haltung? Schneidig.

»Aber ich muss in zwanzig Minuten noch mal in die Praxis rüber. Eine Sterilisation.« Er deutete auf den eingeschossigen modernen Anbau an das großzügige Wohnhaus.

Andreas nickte. »Wäre ich ein Hund, würde ich leise knurren«, schoss es ihm durch den Kopf und er musste sich ein wenig zusammenreißen, um nicht zurückzuweichen. »Könnten wir bitte reingehen, wenn wir uns gleich unterhalten?«

»Wer sind Sie?« Dr. Fischer war plötzlich ziemlich unfreundlich. Irgendwie schaffte er es, seine Schultern noch breiter werden zu lassen.

»Ich unterstütze die Ermittlungen im Mordfall Stefanie Zimmermann. Bitte, Herr Dr. Fischer, helfen Sie uns.«

Dr. Fischers Augen wirkten wie Stahl. »Hören Sie: Ich habe den Exmann meiner Frau noch nie im Leben persönlich gesehen. Diese alte Geschichte ist fast zwanzig Jahre her. Gut, der Mann war der leibliche Vater der Kinder. Aber was sollte ich denn davon haben, wenn die Frau, die ihn damals überführt hat, tot ist?!« Seine rechte Schulter wendete sich bereits ab und seine Füße änderten ihre Richtung zum Gehen.

»Wissen Sie wo sich Jan Wiedemann aufhält? Ich kann ihn nicht erreichen.« Dr. Fischers Kopf wendete sich wieder zu Andreas.

»Mein Sohn ist nie zu erreichen, wenn man ihn braucht. Das hat er wahrscheinlich von seinem leiblichen Vater. Ein gewisses kriminelles Potenzial. Wissen Sie, unser Verhältnis ist nicht das Beste. Seit einigen Jahren kommen wir schlecht miteinander aus. Er hat seiner Mutter schon viele Sorgen bereitet. Wir mussten ihn die letzten Schuljahre in ein Internat am Bodensee geben. Dort gab es aber ständig Probleme. Seit dem Abitur können wir gar nicht mehr miteinander sprechen. Aber mein Geld. Das ist für den jungen Herren gut genug … Dieser Generation fehlt einfach Disziplin. Ein wenig auf dem Klavier herumklimpern reicht nun mal nicht zum Leben. Sie sehen, wir haben genug eigene Sorgen. Da brauchen wir nicht noch Polizisten, die uns lästige Fragen stellen, nur weil meine Frau einmal mit einem Mann verheiratet war, der irgendwann einmal einer Frau begegnet ist, die jetzt gewaltsam zu Tode kam. Sie müssen ja sehr verzweifelt sein, wenn Sie sogar *uns* verdächtigen.«

Er stand mit verschränkten Armen und hochgezogenen Augenbrauen da. Seine Stimme hatte einen fast höhnischen Unterton. Arrogant. Aber warum?

»Ist Ihre Frau zu Hause? Ich würde mich gerne kurz mit ihr unterhalten.«

Eine Augenbraue erhob sich träge. Der Gesichtsausdruck wurde jetzt fast großmütig, übertrieben geduldig.

»Sie ist im Haus. Sie muss für sich selbst entscheiden, ob sie reden möchte oder nicht.«

Andreas wendete sich zum Wohnhaus. Reden möchte? Singen? Aussagen? Sehr interessant.

Alles war top gepflegt. Die Pflanzen um das Haus herum waren geschnitten, getrimmt, gezirkelt, gegossen und kein Unkraut war zu sehen. Alles sah teuer, sauber, pingelig und fast steril aus. Man hätte eher einen Chirurgen als einen Tierarzt erwartet. Kein Vogel und keine Biene waren weit und breit sichtbar. Das Haus war ein Beton-Glas-Bau. Riesig. Eine große Kupfertür umrahmt von Sicherheitsglasscheiben führte in die große Halle. Eher wie ein Hochsicherheitstrakt oder eine Art Gefängnis. Aber modern und stylish. Nachdem Andreas geklingelt hatte, hatte ihn eine fahle, geschlechtslose Person in einem beigen Leinenkleid ins Haus geführt. Sie trug kein Make-up und ihre Haare hingen eigentlich nur anstandshalber am Kopf.

Das Haus war beeindruckend. Das gesamte Stockwerk war schwarz gefliest und es gab zwei riesige Leinwände mit moderner Kunst an den Wänden, die dieses Gebäude innen seitlich beflankten. Eine Stahltreppe führte in den ersten Stock. Als Geländer waren Hunderte von Stahlseilen wie aufgedröselte Strickwolle zwischen Stahlpfosten geknotet. Das Haus war ein Architekturtraum voller Design und Stil. Richtig edel und schön.

Aber man fühlte sich wie in einem Bestattungsinstitut. In diesem Haus verschwanden bestimmt keine Notizzettel mit

Telefonnummern. Hier gab es nichts, wo man etwas hätte verschwinden lassen können. Das Haus war eher wie ein modernes Regierungsgebäude. Vollkommen ordentlich und aufgeräumt.

Frau Angelika Fischer geschiedene Wiedemann hatte ihn in einen Teil des offenen Wohnbereichs geführt, wo eine Acrylbank neben zwei Eames Chairs mit Fußhockern zum Staunen einluden. Man hatte einen uneingeschränkten Blick in den gezirkelten Garten und auf eine perfekte Terrasse. Im Wohnbereich gab es noch einen bestimmt über zwei Meter langen Esstisch mit Acrylstühlen und einen asiatischen Hochzeitsschrank. Außerdem eine Plastik aus Bronze. Abstrakt. So etwas wie ein Sofa gab es nicht. Ein brauner Azawakh-Windhund hob schläfrig ein Augenlid und den Kopf, um ihn gleich wieder auf den schwarzen Granitboden zu legen.

Man spürte die Anwesenheit dieser Frau kaum. Ihre Schritte waren völlig lautlos und sie hatte eine Körperhaltung, die sie optisch fast unsichtbar machte. Andreas dachte noch darüber nach, wie man so etwas wohl bewerkstelligte.

»Ein beeindruckendes Haus. So … pur. Sie haben sich sicher eine Menge Gedanken gemacht, wie Sie es einrichten wollen.« Das Gesamtpaket war erstaunlich.

Neben der transparenten Bank stand ein Pappbeistelltisch und darauf eine Glasbeleuchtungskunstkreation. Bei genauerem Hinsehen stellte Andreas fest, dass die Pappe gar keine Pappe war, sondern aus Kunststoff. Wie originell …

»Frau Fischer, vielen Dank, dass Sie mir einige Fragen beantworten. Wie ich Ihnen bereits erklärt habe, unterstütze ich die Ermittlungen im Fall Zimmermann. Wie war Ihr Verhältnis zu Ihrem verstorbenen Mann?« Bei dem Wort »verstorbenen« zuckte sie erschrocken zusammen. Aber ihre Augen blieben leer. Ausdruckslos.

Er blickte sie ruhig an und sie erklärte fast ein wenig zu schnell aber mit tonloser Stimme: »Ich habe mich noch nicht daran gewöhnt, dass Thomas tot ist. Er hatte ja seine Strafe abgesessen. Rein juristisch war er also ein freier Mann … Er hätte sich ja nicht gleich das Leben nehmen müssen.« Also lebte diese Frau doch und erlebte Dinge. Zumindest teilweise.

Ihre Augen waren trocken aber auf eigenwillige Art gerötet. Hatte sie geweint? Warum? Sahen so verweinte Augen aus? Oder waren sie einfach entzündet?

»Hatten Sie Kontakt nach seiner Haftentlassung?«

»Nein, ich wollte ihn nicht sehen. Das ist ja schon so lange her. Wir haben nichts mehr miteinander zu tun. Er ist nicht mehr der Mensch, den ich geheiratet habe – *war* der Mensch, den ich geheiratet habe. Wahrscheinlich war er sowieso nie der Mann, für den ich ihn gehalten habe, als ich geheiratet habe. Das alles war für mich ein Schock. Ich habe jahrelang neben einem Mann gelebt, der kleine Jungs … Verstehen Sie? Ich habe einen Sohn! Und neben diesem Mann lag ich im Bett!«

Ihre Augen waren jetzt geweitet. Ihre Pupillen so groß, dass ihre Augen fast schwarz wirkten. Andreas ließ die Atmosphäre in sich wirken und tastete mit seinen Augen diese verzweifelte Frau ab. Sie wirkte klein. Kindlich. Man hätte sie bequem auf eine Handfläche setzen und tragen können. Und schmal. Zerbrechlich. Er fragte sich, wie er diesen Gefängnisaufseher-Typen mit dieser zarten und zerbrechlichen Frau zusammen bringen sollte.

»Woher wussten Sie überhaupt von der Haftentlassung?« Sie wendete den Kopf und sah sich um. Dann ging ihr Blick zum Boden und ihre Hand zu ihrem Schlüsselbein. Ihr Fuß wippte plötzlich ganz leicht auf und ab.

»Meine Kinder … Mein Mann, also mein jetziger Mann, war zwar immer dagegen, aber ich konnte es ja schlecht verbieten. Das ist alles schwierig. Meine Kinder waren immer – wie soll ich es ausdrücken – kühl. Mein Mann ist sehr streng.«

Ihre Stimme wurde schlagartig kräftiger und jetzt blickte sie ihm voll ins Gesicht.

»Er hat immer dafür gesorgt, dass alles seine Richtigkeit hat. Wenn er streng war, dann aus Liebe und weil er genau weiß, dass man im Leben durch Disziplin weiterkommt. Er ist nun einmal ein richtiger Mann. Das Familienoberhaupt. Er weiß, was richtig und falsch ist.«

Sie sackte nach der flammenden, kurzen Rede wieder etwas zusammen. Dann fuhr sie fort:

»Wie auch immer. Die Kinder haben Thomas regelmäßig im Gefängnis besucht und haben ein herzliches Verhältnis zu ihm gepflegt, glaube ich. Mein Sohn Jan hat immer an seine Unschuld geglaubt. Obwohl er doch noch so klein war. Oder gerade deshalb. Er war fast versessen auf die alten Geschichten. Jessica nicht. Sie hat anfangs viel geweint, aber irgendwann hat sie akzeptiert, dass ihr Vater weg ist. Sie ist ein gutes Kind. So fügsam und still. Sie tut, was man ihr sagt … Aber ich glaube, das spielt für Ihre Ermittlungen jetzt wirklich gar keine Rolle.«

Die Tür zu ihrem Inneren drohte sich zu schließen.

»Und wie haben Sie vom Tod Thomas Wiedemanns erfahren?«

»Mein Sohn hat eine Kiste mit Erinnerungen von ihm geerbt. Fotos, Briefe, Kleinigkeiten. Meine Tochter ein Tagebuch aus dem Gefängnis. Das kam mit der Post. Meine Tochter lebt in Heidelberg. Das Zeug lag erst tagelang hier herum. Meine Tochter hat ein eigenes Leben. Sie hat ja immer so viel zu tun. Und an den Wochenenden muss sie auch oft arbeiten. Selten schafft sie es, uns zu besuchen. Und dann ist sie immer nur kurz da. Sie hat nicht einmal Zeit für einen Mann. Ich wünschte, sie würde mal einen jungen Mann mitbringen. Ich habe eigentlich damit gerechnet, einmal Großmutter zu werden. Sie sollte weniger arbeiten und sich eine Familie gönnen. Aber so war sie schon immer. Sie war in der Schule immer sehr gut. Wenn die anderen Kinder draußen spielten, saß sie oft in ihrem Zimmer oder im Baumhaus und hat gelesen. Eine richtige Leseratte.«

Eine laute Alarmsirene rappelte in seinem Kopf los. Hier war etwas. Aber was? Was war mit ihrer Stimme passiert?!

»Im Baumhaus?«

»Ja, früher hatten wir ein Baumhaus. Es war gerade so groß, dass ein erwachsener Mensch hineinpasste. Mein Mann hat es dann irgendwann abgerissen. Es war schon morsch und Jessica saß fast bei jedem Wetter in diesem Baumhaus. Wir dachten, es isoliere sie zu stark. Ja, die Pubertät. Das ist eine schwere Zeit.«

Ihr Kopf hatte sich ein wenig abgewendet und die linke Hand nestelte an den Knöpfen ihres Ausschnitts. Sie trug keinen Schmuck. Jetzt wippte der Fuß mehr.

»Und Ihr Sohn?«

»Jan? Er ist ein ... Er muss immer gegen die Wand. Mit dem Kopf an die Wand. Oder wie sagt man? Er war immer sehr ... eifersüchtig auf seine große Schwester. Wenn er einmal nicht dabei war, hat er sich gar nicht beruhigen können. Bei allem musste er genau gleich behandelt werden. Dabei kann man doch nicht immer alle Kinder gleich behandeln. Wehe, Jessica bekam mehr Aufmerksamkeit! Mein Mann versuchte ja alles, dass das Kind ein wenig offener wird, und nahm sie auf Hausbesuche mit und zum Sport ... Er ist Trainer der Basketball Damen. Jessica ist ja auch älter, da konnte man sie auch schon einmal mitnehmen. Aber Jan flippte dann richtig aus. Wenn ich abends in der Chorprobe war und nach Hause kam, hat mein Mann regelmäßig von Streit berichtet. Er musste Jan häufig in seinem Zimmer einsperren, weil er so aggressiv war. Es ist heute noch schwierig, einen Familienabend ruhig zu verbringen.«

In Andreas Kopf flogen die Informationen wie ein Schwarm Vögel. Seine Schwester hatte Jan Wiedemann als introvertiert bezeichnet. Spannend.

»Frau Fischer, ich hätte noch eine Bitte. Mehr aus persönlichem Interesse: Ihr Haus ist ja ein höchst interessantes Designobjekt. Dürfte ich es mir ein wenig ansehen?«

Sie nickte geschmeichelt und stand auf. Ihre Wangen hatten einen rosa Hauch bekommen und sie war fast hübsch. Ihre Schultern entspannten sich etwas.

Alles wirkte sehr sauber. Das Haus war riesig. Im oberen Stockwerk waren das Schlafzimmer, zwei Bäder, zwei Kinderzimmer und ein Gästezimmer. Alles wie aus einer Architekturzeitschrift. Keine Fotos, keine persönlichen Gegenstände. Auf den Betten war keine Falte sichtbar. Alles glatt. Ein Traum in Sand, Malve, Moos und Taupe.

Wieder im Erdgeschoss, wendete sie sich nach Besichtigung der Designküche zu einer Tür.

»Unten haben wir noch einen Partyraum und eine Sauna.«

»Sie haben wirklich ein faszinierendes Haus!«

Das untere Stockwerk war komplett weiß gekachelt. Es roch muffig nach Keller. Offensichtlich konnte man so einen Kellergeruch einfach nicht vermeiden. Im Partyraum gab es eine weiße Glattledercouch und drei passende große Sessel. Außerdem eine hochglanzpolierte Bar. Angrenzend waren eine stattliche Sauna und eine Dusche in einem separaten Raum untergebracht. Zwei Teakholz-Liegen waren zum Ausruhen bereitgestellt. Allerdings nur zwei. Obwohl bequem acht Personen in der luxuriösen Sauna Platz gefunden hätten.

Alles war funktionell, pur und hygienisch. Es gab keine persönlichen Gegenstände. Oder Dekokitsch. Andreas strich mit den Fingerspitzen über die Theke der Bar und tauchte in diesen Raum ein.

Schweigend stiegen sie die Treppe ins Erdgeschoss zu den schwarzen Bodenplatten. Er bedankte sich freundlich und schüttelte ihre Hand, die sie ihm entgegenstreckte. Es war seltsam, diese lauwarme, trockene kleine Hand zu halten.

In Eberbach kaufte Andreas in der Bahnhofstraße eine Topfpflanze. Eine lustige kleine Stange mit transversalen Anteilen, die ein wenig wie Stacheln aussahen.

»Das ist eine sehr geduldige Erbsenart.« Die runde Verkäuferin lachte mit ihren Augen. »Wenn Sie nett zu ihr sind, wächst sie und begleitet Sie lange.« Ja, eine lange, lebende Begleitung. Das war etwas, was er jetzt brauchte. Er hatte einen sonnengelben Übertopf ausgesucht und transportierte seine neue Mitbewohnerin vorsichtig zu seiner Wohnung.

Dort herrschte immer noch ein unglaubliches Chaos. Allein die Bücher. Seine Regale waren noch nicht da. Seufzend setzte er sich mit seiner Pflanze in die Küche und stellte sie auf den Tisch. Neugierig stand sie da und regte sich nicht. Er lächelte. »Du wirst dich schon eingewöhnen«, sagte er zu ihr. Er beschloss, ihr noch ein Pflanzentischchen und sich einen bequemen Sessel zu kaufen. Zum Wohlfühlen.

Sabine sah klasse in diesem Kostüm aus. Es war taubenblau und ließ ihre Augen leuchten. Sie hatte sich zwei kleine Perlen in die Ohren gesteckt und trug eine stilisierte Schnecke an einer langen Halskette. Ein wunderschöner Aufzug, um den Chef der großen Mannheimer Kfz-Werkstatt in gebührendem Maße zu beeindrucken. Der Tag lief wie geplant und alle strahlten ihr abends entgegen. Sie hatte einige Übungen in Gruppen gemacht und war zufrieden mit der regen Beteiligung. Aufgeräumt schlängelte sie sich durch Handschuhsheim und beschloss, Andreas mal wieder anzurufen. In den letzten zwei Wochen war alles wie gewünscht gelaufen. Alle Termine waren ein Erfolg, die Mundpropaganda lief und sie erfreute sich bester Laune. Außerdem hatte sie ausreichend Erholung in den wunderschön blühenden Parks und Anlagen gefunden, die zurzeit zum Sitzen und Dösen einluden.

Sie hatte sich ein Smartphone geleistet. Zwar war das eine ziemlich unsinnige Investition für Sabine, da sie es meistens ausschaltete und normalerweise nur damit telefonierte. Sie nutzte die anderen Funktionen gar nicht. Aber so ein teures Telefon war für sie momentan ein kleiner Schatz. Ein Spiegel ihres stabilen Erfolgs. Sie fand sich damit zwar selbst ein klein wenig albern, aber manchmal war auch Sabine albern. Gut gelaunt wählte sie Andreas an.

»Andreas Raab.«

»Andreas, hier ist Sabine. Lass uns doch mal wieder einen Wein zusammen trinken. Was hältst du von der Reichskrone an der alten Brücke? Die haben auch wunderbare Pasta. Hast du die Tage mal Zeit?«

»Du, ich freue mich jetzt richtig über das Angebot, aber zurzeit bin ich ziemlich verplant. Ich wollte aber nächste Woche mal zu Ikea nach Walldorf. Ich möchte mir einen Sessel zulegen. Hättest du nicht vielleicht Lust, zu fahren? Dann kann ich ihn gleich mitnehmen und muss nicht online bestellen – je nachdem, manche muss man so oder so bestellen. Ich weiß noch nicht recht, welches Modell gut zu mir passt. Mit dem Katalog ist das immer so eine Sache.«

Sabine lachte. »Ich kann dir den Sessel natürlich transportieren. Dafür möchte ich aber ein Tütchen handgemachte Pralinen aus der Eberbacher Reichspost. Die mochte ich schon früher so gerne. Oder ein Stück Johannisbeer-Baiser-Kuchen.«

Jetzt lachte Andreas. »Abgemacht. Holst du mich Dienstag um 9 Uhr? Wir fahren dann über Sinsheim und sind morgens gleich da, wenn die aufmachen.«

»Gut, ich bin da. Bis dahin.«

Saskia Zimmermann öffnete die Tür nach dreifachem Klingeln. Sie hatte lange blonde Haare und eine unfassbare Figur. Sie sah ein wenig so aus, als wäre sie eine griechische Göttin. Sie trug ein fließendes Kleid, das weich ihren Körper umspielte.

Nur passte ihr Gesichtsausdruck so gar nicht zu ihrem göttlichen Körper.

»Können sie sich eigentlich vorstellen, wie lange ich brauche, um wieder einzuschlafen?«, fauchte sie. Andreas wich drei Zentimeter zurück. Leider zu viel. Knallend fiel die Tür wieder ins Schloss. Toller Anfang. Er klingelte erneut. Nichts. Er stand vor der geschlossenen Tür und überlegte, was er jetzt machen sollte.

Er ließ seinen Blick ein wenig schweifen. Das Haus war ein Traum mit Garten. Heidelberg Neuenheim. Eine der besten Lagen in Deutschland.

Im Nachbargarten war ein älterer Herr dabei, kleine verblühte Knospen von einem Rosenstrauch zu schneiden. Andreas nickte ihm freundlich zu. Eine ältere Dame mit ausgesprochen flotter Bekleidung erschien und servierte ihm eine Tasse Tee. Andreas trat näher an die Grundstücksgrenze und sprach die Dame an.

»Frau Held?« Den Namen hatte er vorher im Vorbeigehen gelesen.

»Sie müssen Frau Held sein. Stefanie hat früher oft von ihren schönen Rosen gesprochen.«

Die ältere Dame begann zu leuchten. »Die Frau Doktor? Die war ja so eine liebe Seele. Immer ein freundliches Wort. Und sie hat es so mit den Blumen verstanden. Sie war ja Biologin! Wir haben so oft miteinander gesprochen. Und wenn ich etwas gebraucht habe, war sie immer für mich da. Oft hat sie mir noch etwas aus dem Supermarkt mitgebracht. Und so bescheiden war sie. Nicht wie diese Neue! Können Sie sich das vorstellen: Die liegt den halben Tag im Bett. Und wie die das kleine Bübchen immer anschreit. Kinder sind nun mal Kinder. Das kleine ist doch gerade mal ein gutes Jahr alt. Und immer gibt sie's weg. Nur keine Arbeit. Jetzt ist schon wieder das Au-pair-Mädchen spazieren, sodass sie schlafen kann. Oder die Haare kämmen. Sie kämmt sich stundenlang die Haare im Garten. Auch wenn das Kleine schreit. Das beachtet sie gar nicht. Und sie sperrt das Kind in so einen Laufstall. Und wenn es die Ärmchen hebt und hoch genommen werden will, holt sie das Au-pair. Die hat das Kind doch nur bekommen, dass der Christoph sie nicht rausschmeißt. Kein Herz im Leib. Das ist ein ganz ausgekochtes Weibsbild.«

Die alte Dame hatte blitzende Augen bekommen und ihr Gesicht war schon rot. »Entschuldigen Sie. Aber Sie waren doch ein Bekannter der Frau Dr. Sie verstehen sicher, was ich meine. Ich habe mir anfangs so gewünscht, dass sie sich wieder mit dem Christoph verträgt. Wissen Sie, wir kennen den Dr. Zimmermann noch als ganz kleinen Bub. Das hier ist doch sein Elternhaus. Schon die Großeltern haben hier drin gewohnt. Der war so ein feiner, kleiner Kerl. Die Brombeeren hat er mir immer stibitzt. Aber höflich. Hat immer Guten Tag gesagt. Wir waren so froh, dass es so eine nette Frau gefunden hat. Und dann *die*. Nein, mit dieser Person jetzt wollen wir nichts zu schaffen haben.«

»Was hat denn die neue Frau Zimmermann gelernt? Sie muss doch eine Ausbildung haben.«

»*Die*? Ja, aber Ausbildung würde ich das nicht nennen. Kurze Röcke tragen. Ja, das kann sie. Sie hat wohl studiert. Angeblich. Aber ich kann mir nicht einmal vorstellen, dass diese Person Abitur gemacht hat. Wir haben uns schon oft darüber unterhalten, dass wir gar nicht glauben, dass die eine abgeschlossene Schule hat. Nicht, Walter?«

Sie drehte sich zu ihrem Mann um. Der hatte sich aber unbemerkt längst ins Haus zurückgezogen. »Walter? Walter! Bitte entschuldigen Sie mich. Ich muss mal sehen, wo mein Mann hinverschwunden ist. Wir müssen heute noch dringend das Hochbeet fertig machen, dass der Kompost noch dieses Jahr verrottet ... Einen schönen Tag noch.« Sie schenkte ihm noch ein warmes Lächeln und damit ging sie in kleinen Schritten in Richtung Haus.

»Christian? Was wisst ihr über Saskia Zimmermann, die neue Frau von Dr. Christoph Zimmermann. Wo kommt sie her, was hat sie beruflich gemacht, wie lange sind die beiden zusammen? Wo haben sie sich kennengelernt. Frau Zimmermann war bisher noch nicht gewillt, mit mir ein Gespräch zu führen. Ich habe sie in ihrem Schönheitsschlaf gestört.«

»Also, die beiden sind ein gutes Jahr verheiratet. Sie war schon hochschwanger. Der Kleine ist vierzehn Monate alt. Dr. Zimmermann ist seit rund fünf Jahren mit ihr liiert. Wir haben nicht herausgefunden, ob Stefanie Zimmermann ihn wegen einer Affäre verlassen hat. Wir vermuten, dass er mit seiner jetzigen Frau ein heißes Techtelmechtel unterhalten hat und es irgendwie aufgeflogen ist. Saskia Zimmermann hat direkt nach dem Abitur Arzthelferin gelernt, da sie keinen Studienplatz bekommen hat. Nebenbei hat sie gemodelt. Nur kleine Kataloge und Prospekte. Ihr alter Chef, also der Arzt, und ihr Mann sind befreundet. Wahrscheinlich haben sie sich auch so kennengelernt. Nein, sie müssen sich wohl früher schon gekannt haben, da sie jetzt vierundzwanzig ist! Da ging sie noch zur Schule. Vielleicht hat ihr ja der Kumpel die Lehrstelle nur wegen seiner Freundschaft zu Christoph Zimmermann angeboten ... Sie erscheint mir ziemlich berechnend. Wenn man die beiden miteinander erlebt, machen sie nicht den Eindruck eines glücklichen Paares. Seit das Kind auf der Welt ist, sitzt Saskia Zimmermann wohl nur in Cafés und auf der Terrasse herum oder pflegt sich. Das Kind scheint sie wenig zu interessieren.«

»Und der Exmann? Christoph Zimmermann?«

»Wir hatten bei den Aussagen von Christoph Zimmermann stets das Gefühl, dass es ihn eiskalt erwischt hat. Er tut zwar übertrieben unbeteiligt, aber wir fanden ihn unecht. Unsere Vermutung ist die, dass er Stefanie gerne als Ehefrau behalten hätte und dass er die Scheidung nicht wollte. Aber er fand wohl auch Gefallen an der knackigen, jungen Saskia. Er hat in der ganzen Zeit vermutlich einen freundschaftlichen Kontakt zu seiner Ex gepflegt. Wenn das Saskia Zimmermann wüsste, hätte sie der Ex vielleicht die Augen herausgekratzt.«

»Hat sie vielleicht.« Es war einen Augenblick still.
»Nein, das traue ich ihr nicht zu. Sie hätte kaum die Fantasie und Energie, so ein Arrangement mit der Toten zu organisieren, vermute ich.«
»Aber sie hatte ein Motiv und sie hatte eine medizinische Ausbildung. Vielleicht wäre sie an die Seide herangekommen und an das Beruhigungsmittel. Ist das Alibi wirklich gut?«
»Ja, das Alibi ist gut. … Und das Ding mit dem Zettel? Warum Lügnerin?«
»Keine Ahnung.«

Andreas verließ das Haus in der Abenddämmerung. Erst wendete er sich in Richtung »Braumeister«, aber nachdem er dort gesehen hatte, dass seine schöne Unbekannte nicht an der Theke saß, führten ihn seine Schritte wie von selbst in Richtung Neckar.

Es waren noch einige Leute unterwegs und nutzten die lieblichen, milden Abende. Der Fluss wurde berührungslos von einem hellblauen Wind gestreichelt und Andreas' Gedanken vermischten sich mit der uralten Weisheit der Wellen und des Wassers. Die Wasseroberfläche sah wie ein Spiegel aus.

Er ließ einfach alles los und folgte den Ufersteinen, den Stechmücken und dem leisen Flüstern. Und der Sturm der fliegenden Schwebestoffe in seinem Gedächtnistümpel begann sich nach und nach im Drehen zu setzen, schwebten wieder höher, vermischten sich, überholten sich und formten langsam und allmählich den Beginn eines Gedanken.

Das Hotel Steigenberger in Frankfurt war genau so, wie man es sich vorstellt: sehr elegant, sehr sauber, sehr exklusiv. In der Halle herrschte vornehme Ruhe und schöne Menschen in adretten Uniformen lächelten die Ankömmlinge einladend an. Seitlich war ein gläserner Raucherraum mit Dunstabzug, der Rauchgenuss ohne Belästigung anderer Gäste ermöglichte.

Andreas lenkte seine Schritte erst einmal zu dem spannenden Glaskasten und schreckte ein wenig zusammen, als beim Betreten eine eindrucksvolle Illumination aufflammte und der Dunstabzug leise zu surren begann. Er steckte sich eine Zigarette an und inhalierte. Es war ruhig in diesem Hotel. Trotz seiner Größe und der vielen Gäste, die es regelmäßig beherbergte. Er beobachtete mehrere teuer gekleidete Herren in maßgefertigten Anzügen, die zum Check-in an die Rezeption kamen und sich vom sonnigen Lächeln der Rezeptionistin einwickeln ließen. Ihre Stimme hatte eine dunkle Note, die vertraulich eine angenehme Stimmung verbreitet.

Als er seine Zigarette zu Ende geraucht hatte, wendete er sich auch an die Rezeption.

»Guten Tag. Ich bin ganz sicher, dass Sie mir gleich helfen können.«

Er schaute ihr direkt zwischen die Augen und lächelte.

»Hier ist es überraschend ruhig. Sie müssen ja ausgezeichnet organisiert sein. Ich habe erst einmal eine Zigarette geraucht und dieses Ambiente genossen. Ich habe einen relativ weiten Weg hinter mir, wissen sie. Ich bin aus Eberbach nahe Heidelberg gekommen. Waren sie schon einmal in Heidelberg?«

Sie nickte strahlend. »Eine wunderbare Stadt, nicht wahr?«

Ihre Augen hatten einen trüb - seidigen Glanz angenommen und wirkten schon nicht mehr völlig anwesend.

»Ich bin auf der Suche nach jemandem. Jemand, der bei Ihnen eine Fortbildung gemacht hat und so einen schönen großen Schreibblock erhalten hat.« Aus seiner mitgebrachten Tasche nahm er eine Kopie des Tatortpapiers. Er hatte die Schrift abgedeckt, sodass nur das Logo und die Anschrift des Hotels sichtbar waren. Er blickte ihr genau zwischen beide Augen und lächelte verlockend.

»Aha. Und wie kann ich Ihnen da jetzt weiterhelfen?« Ihr Gesicht wurde ratlos und ihre Augen blickten etwas verschleiert Ihre Augen hingen an seinen Lippen, um genau zu sein.

»Wissen Sie, es betrifft nur medizinische Veranstaltungen. Vielleicht sehen Sie einfach mal in den Veranstaltungskalender und sehen nach, welche medizinischen Veranstaltungen im letzten Jahr in ihrem Haus durchgeführt wurden. Es ist ja so, dass Tagungen und Fachveranstaltungen immer öffentlich publiziert werden und somit eine Information darstellen, die Sie mir gerne geben können, nicht wahr? Nur bin ich auf der Suche nach einer Veranstaltung im Steigenberger Hotel Frankfurt. Und da finde ich schnell, was ich suche, wenn Sie mir helfen. Ich bin sicher, dass die Kurse von so einer aufgeweckten Person wie Ihnen ganz schnell herausgesucht sind. Sie täten mir einen großen Gefallen.« Seine Stimme umschlang sie wie ein Schal. Glitt sanft um ihren Kopf. Er lächelte sie an. Was für ein Mann. Geschmeichelt und zerstreut tippte die Dame an ihrer Tastatur herum und druckte schließlich einige Papierbogen aus.

»Teilnehmerlisten kann ich Ihnen aber leider wirklich keine bereitstellen. Das sollte Ihnen klar sein. Die führen auch nur die Veranstalter. Wir bekommen keine Namen gemeldet.«

»Das ist schon mehr, als ich zu hoffen wagte«, sagte Andreas charmant.

Er verstaute den Kalenderausdruck sorgfältig in seiner mitgebrachten Tasche und ging nach einem freundlichen Nicken wieder.

Der Frankfurter Flughafen war einem Bienenkorb gleich eine Plattform des Lebens aber auch der Vielfältigkeit. Menschen aller Stimmungen, Gemütsverfassungen und Typen bewegten sich in einem faszinierend ineinander fußenden Rhythmus. Andreas saugte das Leben und die eigentümliche Magie dieses Ortes in sich auf. Er ließ sich in der Wartezeit auf seinen Zug davon tragen.

Auf der Rückfahrt sah er sich die Ausdrucke genauer an. Das war tatsächlich eine Vielfalt von Fortbildungen und Kongressen. Aber eines stach ihm sofort ins Auge. Eine Spur: die Deutsche Gesellschaft für Implantologie.

»Kinderzahnarztpraxis Matthias Bodenberger. Mein Name ist Gundula Klein.« Die Dame am Telefon machte schon einmal einen netten Eindruck.

»Guten Morgen.« Andreas packte seine Stimme in flüssigen Honig ein.

»Kann man in Ihrer Praxis auch operiert werden?«

Es entstand ein verdutztes Schweigen. »Ja, wir sind eine Kinderzahnarztpraxis und operieren auch in Vollnarkose die Kinder. Fragen Sie wegen eines Kindes nach? Wir entscheiden dann hier in der Praxis, ob eine Behandlung mit Hypnose oder Lachgas oder manchmal auch eine Narkose notwendig ist. Wir sind extra für die Behandlung von Kindern fortgebildet. Kommen Sie doch einfach mit ihrem Kind vorbei. Wir besprechen dann alles Weitere. Für wen darf ich einen Termin eintragen?«

»Lukas Müller.«

»Und warum haben Sie nach einer Operation gefragt, Herr Müller?«

»Da ist einiges zu machen und es müssen Zähne heraus. Kann man bei Kindern auch neue Zähne einpflanzen? Solche Implan…, Implan-Dings – ach, Sie wissen schon. Neue Zähne eben.«

Frau Klein war hörbar amüsiert. »Kinder bekommen dann Prothesen; keine Implantate. Implantate macht man bei ausgewachsenen Menschen … Kommen Sie doch bitte mit dem kleinen Lukas am Donnerstag um 15.30 Uhr vorbei, Herr Müller. Vielleicht haben Sie Lust, einmal nachzudenken, wie sich Lukas bei uns besonders gut behandelt fühlen wird.«

»Danke schön. Einen schönen Tag noch.«

Auf der Internetseite der Kinderzahnarztpraxis sah sich Andreas die Profile der Mitarbeiter genauer an. Aufmerksam las er die Lebensläufe der Zahnärzte. Auch den von Jessica Wiedemann.

Die Ikea-Filiale Walldorf öffnete gerade, als Sabine mit Andreas im Schlepptau auf den Parkplatz fuhr. Sabine nahm ihre Handtasche aus dem Kofferraum und hängte sich die Tasche über die Schulter. Die beiden gingen zufrieden schweigend über den Parkplatz und fuhren dann in die Möbelausstellung hoch.

»Es freut mich für dich«, sagte Andreas.

»Was freut dich für mich?« Sabine war manchmal verblüfft.

»Dass das Verhältnis mit deiner Schwester wieder besser ist. Klar, es ist ein Anlass, das eigene Leben zu überdenken. Aber es läuft zurzeit ganz gut, nicht? Das ist für mich auch wichtig.«

Sabine blieb oberhalb der Rolltreppe stehen und starrte Andreas überrascht an. »Wovon redest du eigentlich?«

Andreas grinste.

»Du trägst eine neue Frisur. So wie deine Haare heute duften, warst du gestern erst beim Friseur. Es ist dieser ganz eigene Geruch, den Haare immer nur nach Friseurbesuchen haben. Du hast sie auch färben lassen. Und es war teuer. Sonst hättest du heute früh alles gewaschen. Frauen gehen zum Friseur und geben viel Geld aus, wenn sich etwas ändert. Im Auto lag die Einladung zur Taufe der neu geborenen Tochter deiner Schwester. Ihr habt euch also offensichtlich wieder angenähert. Außerdem hast du nicht nur ein neues Handy, sondern auch eine neue Handtasche. Es läuft also beruflich sehr gut, aber dieses Baby bringt dich zum Grübeln, ob du auch Familie möchtest und du hast ein Ergebnis für dich gefunden und warst darum beim Friseur. Das erklärt auch dein Schweigen, als wir zusammen auf das Möbelhaus zugingen. Es war sehr ausgeglichen und entspannt. Du bist im Moment gerade bei dir.«

Sabine lachte. Manchmal fühlte sie sich wie ein offenes Buch.

Die beiden erreichten die Abteilung mit den Sitzmöbeln. Andreas ließ sich in einen tiefen Sessel fallen und bewegte seinen Hintern. Sabine sah ihm belustigt zu und setzte sich in den Sessel daneben.

»Und? Was meinst du?«

Andreas testete in Folge acht verschiedene Sessel. Dann setzte er sich erneut in ein ausladendes Modell mit passendem Fußhocker.

»Der ist richtig. Ich möchte darin bequem denken und lesen. Den nehme ich. Weißt du, wie man den Sessel jetzt kauft?«

»Nein, aber da vorne sehe ich einen jungen Mann mit gelbem T-Shirt, der uns vermutlich weiter helfen kann.« Die beiden stellten sich in die Nähe des Mitarbeiters, der sich gerade mit einem Pärchen unterhielt.

»Die Lederbezüge sind klasse. Sehr familienfreundlich und unempfindlich. Man kann nahezu alles wegwischen. Auch die hellen Bezüge sind extrem pflegeleicht. Sie brauchen nur einen feuchten Lappen.« Die beiden suchten sich einen Glattlederbezug für ihr Sofa heraus und bedankten sich.

»Ich hätte gerne den Sessel mit dem beigen Bezug. Aber mir wäre eine andere Farbe recht.« Andreas zeigte auf den ausgesuchten Sessel. Der Mitarbeiter legte einen Streifen mit Stoffmustern vor ihn und ließ Andreas wählen. Er entschied sich für einen grauen Bezugsstoff mit eher grober Struktur, der aber ganz seidig und angenehm weich in der Haptik war. Der Mitarbeiter bestellt den Sessel im Werk und gab Andreas den Ausdruck der Bestellung.

Die beiden bummelten durch den Rest des Möbelhauses. Andreas schrieb sich noch den Regalplatz eines kleinen Beistelltischchens für seine Pflanze auf.

In der Markthalle packte Sabine drei Päckchen Servietten und zwölf Kerzen in einen Einkaufskorb. Sie suchten gemeinsam nach dem kleinen Tischchen und stellten sich in der Kassenschlange an.

Als sie wieder am Auto angekommen waren, fragte Sabine: »Hast du schon gefrühstückt? Ich lade dich zu einem Frühstück in den Walfisch in der Weststadt in Heidelberg ein. Danach kann ich dich immer noch nach Eberbach zurückfahren.«

Andreas lachte. »Gerade dachte ich, ein Frühstück wäre jetzt genau das Richtige.«

Sabine stellte das Auto in der Blumenstraße ab und beschloss, einen Strafzettel heute zu vermeiden. Die beiden gingen zu Fuß zum schwarzen Wal weiter.

Im Lokal lief unaufdringlich leise Jazz-Musik. Beide bestellten sich ein großes Frühstück und genossen die einzigartige Atmosphäre in Sabine Lieblingslokal. Es war gut besucht. Um sie herum saßen Studenten und Geschäftsleute. Der Raum schmunzelte in die gedämpften Gespräche und verströmte eine zufriedene Stimmung. Eine Stimmung wie sie vermutlich nur bei einem späten, zufriedenen Frühstück entstehen kann.

Alles roch nach frischem Kaffee, Brot, Schinken und Erdbeermarmelade. In einer Wolke aus Kindheitserinnerungen, Sonntagsgefühlen und gelbem Licht nippten die beiden an ihren Tassen und ließen die Gedanken fließen.

In Andreas Kopf stellte sich immer wieder ein Wort quer und bremste das Wohlgefühl aus. Leder. Und immer, wenn ein Schluck Latte macchiato darüber gestiegen und warm wohlig in seinen Bauch geflossen war, tauchte es wieder auf und störte. Leder.

Wolken legten die Schröderstraße in ein unheilvolles Licht. Über Mittag war es schwül-heiß geworden. Andreas klingelte. Eine sehr junge Frau mit kleinen Sternchen in den Augen und einem bezaubernden Grübchen neben den Lippen öffnete.

»Hallo!« Andreas strahlte. »Ich möchte zu Frau Zimmermann.«

»Sie ist nicht zu sprechen.« Die Schultern der jungen Frau hatten sich entschuldigend gehoben und sie lächelte tröstend.

Andreas ging vorsichtig einen kleinen Schritt auf sie zu. »Es ist wichtig für mich. Bitte fragen Sie noch einmal nach.« Die junge Frau war ein kleines Stückchen vor ihm zurückgewichen und konnte seine Entschlossenheit fühlen.

»Gut. Warten Sie bitte hier.« Sie lehnte die Haustür nur an, als sie sich ins Haus zurückzog, und Andreas nutzte ungeachtet ihrer Bitte seine Chance und schlüpfte hinter ihr in die kühle Halle des Hauses. Eilig blickte er sich um und betrachtete die alte, würdige Einrichtung. In diesem Haus war die Zeit stehen geblieben. Nussbaummöbel und Ölgemälde mit breiten Goldrahmen zierten die Wände. Auf dem gepflegten Parkett lag ein persischer Minah-Chani-Teppich von mindestens fünf auf sieben Meter Größe. Andreas nickte beeindruckt.

»Sie sollten doch draußen warten.« Jetzt war ein unüberhörbarer Vorwurf in ihrer Stimme. Ihre Schritte waren vollständig verschluckt worden. »Frau Zimmermann erwartet sie im Garten.«

Andreas folgte dem Au-Pair-Mädchen durch ein großzügiges Frühstückszimmer in einen Wintergarten und durch die offene Glastür in den Garten. Auf einer teuren Teakliege lag Saskia Zimmermann und bräunte ihre perfekten Beine. Sie hob erst ihre Augenlider, als Andreas zu sprechen begann.

»Frau Zimmermann. Ich möchte mit Ihnen über die frühere Frau Ihres Mannes sprechen.«

»Die ist tot.«

»Das ist mir bekannt. Ich möchte gerne wissen, wie Ihr Verhältnis zu Stefanie Zimmermann war. Sie waren eng befreundet. Ist das richtig?«

Als hätte man sie mit kaltem Wasser übergossen fuhr ihr Oberkörper in die Höhe und Andreas war sich ihrer Aufmerksamkeit sicher.

»Sind Sie wahnsinnig?! Wir waren *nicht* befreundet. Das wäre noch schöner. Sie war eine eifersüchtige, intrigante Ziege. Sie war eifersüchtig auf mich und mein Kind. Sie hat ja keine Kinder bekommen. Aber Christoph hat sie durchschaut. Er hat sie wegen mir verlassen. Vor die Tür hat er sie gesetzt. Er hat mich vom ersten Augenblick an geliebt, wissen Sie!« Ihr hübsches Gesicht hatte Farbe bekommen.

»Dann stimmt es also auch nicht, dass sich Ihr Mann regelmäßig mit seiner Exfrau getroffen hat und darüber nachgedacht hat, sie zurückzugewinnen?«

»Sind Sie eigentlich wahnsinnig?«, fauchte sie. »Mein Mann betet mich an! Ich bin die Mutter seines Kindes! Verschwinden sie, bevor ich Sie umbringe. Dann können Sie mit Stefanie Zimmermann über die alten Zeiten in der Hölle nachdenken.«

Sie war aufgesprungen und hatte eine Handhaltung, als ob sie ihm jeden Augenblick die Augen herauskratzen könnte. Andreas lächelte tiefgründig und zog sich durchs Haus wieder zurück. Von der jungen Dame, die eigentlich auf das Kind aufpasste, war nichts mehr zu sehen. Sie hatte sich wohl vor dem Gewitter zurückgezogen. Kluges Mädchen.

Andreas hatte sich für den Weg nach Dossenheim Zeit gelassen. Er klingelte und stieg nach dem Surren des Türöffners das Treppenhaus hinauf. Frau Ortmann stand in der Tür und blickte dem Besucher entgegen. Als sie Andreas wieder erkannte, entspannten sich ihre Züge etwas. »Ach, sie sind es«, stellte sie freundlich einladend fest.

Wenig später saß Andreas bei einer Tasse Tee und einem kleinen Teller Butterkringel am Küchentisch. Offensichtlich hatte es der älteren Dame beim letzten Besuch gut getan, über ihre Tochter sprechen zu können. Sein Empfang und die Butterkringel sprachen Bände.

»Frau Ortmann, wie war Stefanie als Kind. Bitte erzählen Sie mir von ihr.« Da waren sie wieder; die Tränen.

»Sie war so hübsch. So ein süßes kleines Mädchen. Dabei hatten ihre Augen immer so einen Ausdruck. Schon als sie noch sehr klein war, wirkte sie so … verständig. Sie war ein sehr braves Kind. Egal, wie lange man mit ihr spazieren ging: Sie ging brav hinterher. Und alles was man ihr in der Natur erklärte. Sie konnte sich alles behalten. Sie hatte eine Pflanzenpresse. Die hatte mein Mann gemacht. Darin trocknete sie alles, was sie einsammelte und dann klebte sie die Blumen auf Papier auf. Warten sie!«

Sie verschwand im früheren Kinderzimmer und kam mit einer Blechdose zurück. Früher war die Dose einmal eine Geschenkdose mit Nürnberger Lebkuchen gewesen und jetzt verwahrte sie offensichtlich andere süße Schätze. Stefanie Zimmermanns Mutter nahm einen kleinen Schnellhefter mit einigen Bögen Papier heraus. Die Seiten waren mit Kinderhand beschriftet. Die deutsche Bezeichnung der Pflanzen hatte Stefanie immer mit Lineal unterstrichen und unter der Pflanze stand sauber, wo sie das Exponat gefunden hatte. Andreas nickte ernsthaft und fühlte Rührung in sich aufsteigen, da diese alte Frau so stolz auf die Bastelei ihrer Tochter war.

»Und sonst? Hatte sie viele Freunde? War sie viel unterwegs oder gerne zu Hause? War sie eher schüchtern oder offen und neugierig? Wie würden Sie sie beschreiben?«

»Sie war als kleines Kind sehr aufgeweckt und lebhaft. Aber das änderte sich, als sie in die Pubertät kam. Da zog sie sich zurück. Sie übte stundenlang Cello. Wir dachten eigentlich, sie würde Musik studieren oder eine Ausbildung in der Richtung machen. Sie verbrachte jede freie Minute mit der Musik. Zweimal die Woche hatte sie ja auch Unterricht. Das war ihr ganz wichtig. Bis zu dem Gerichtsprozess. Das war eine ganz schreckliche Sache. Alle waren völlig entsetzt. Stephanie wollte ihr Cello gar nicht mehr anfassen. Seitdem habe ich sie nie wieder spielen gehört. Sie hat sich richtig in die Natur gestürzt. Verbrachte ihre ganze Freizeit nur noch im Freien und man konnte überhaupt nicht mehr mit ihr sprechen. Das alles hat ihr sehr zugesetzt. Ein Kinderschänder! Niemand hätte das vermutet.«

Sie machte eine fahrige Bewegung und stieß dabei ihre Teetasse um. Schnell wischte sie den davon laufenden Tee mit einem Geschirrhandtuch zusammen.

»Und wie hat sie ihren Mann kennengelernt?«

» Das hat sie uns nie erzählt. Ich weiß es nicht. Eines Tages brachte sie ihn zum Kaffee mit und sagte, dass sie ihn heiraten wolle. Und Christoph war ja auch eine gute Partie. Stellen Sie sich vor: ein Arzt und aus so einer guten, alten Familie. Wir konnten gar nicht glauben, dass so einer unsere Stefanie heiraten wollte! Aber das Kind sollte es doch besser haben. Nicht wie wir. Wir haben unser ganzes Leben lang geschuftet, um ihr wenigstens eine gute Schulausbildung zu ermöglichen. Und die Cello-Stunden waren auch nicht billig. Ich habe es meinem Mädel gegönnt, in so einem schönen Haus und mit Putzfrau …«

»Frau Ortmann, ist Ihr Mann auch zu Hause? Ich würde mich sehr gerne auch kurz mit ihm unterhalten.« Sie sah zur Seite. »Nein, er ist Getränke besorgen. Vielleicht lassen wir uns das bald bringen. Wir werden ja auch nicht jünger und die vielen Treppenstufen immer. Jetzt trägt uns das ja niemand mehr in die Wohnung.« Das Buttergebäck hatte recht viele Krümel hinterlassen.

Vor der Max-Bar waren die Tische gut belegt. Christian schlängelte sich zwischen Lederhandtaschen und kleinen Beisitz-Hunden durch. Andreas hatte schon ein großes Glas Apfelsaftschorle vor sich stehen und massierte sich unbewusst eine Schläfe.

»Kopfschmerzen?« Christian ließ sich auf den freien Stuhl fallen.

»Nein, mir gehen einige Dinge durch den Kopf. Ich kann einfach noch keinen Faden finden. Irgendwie sind alle verdächtig. Angefangen bei dem Exmann und seiner neuen Frau bis zu den Wiedemanns, Ex-Wiedemanns, diesem Tierarzt.

Die Neue von Dr. Zimmermann ist zwar wirklich hübsch, aber auch wirklich schlecht auf unser Mordopfer zu sprechen. Sie hat in der Ehe wohl nichts zu sagen. Das Haus sieht genauso aus wie vor vierzig Jahren. Es gibt in den Räumen, die ich gesehen habe, kein Detail, das ich Saskia Zimmermann zugeschrieben hätte. Sie hat ihr Kind bekommen und wurde von Christoph Zimmermann geheiratet und gut. Einen Mord würde ich ihr charakterlich zwar zutrauen, aber die Energie und die Planung? Da habe ich meine Zweifel. Man muss sie schon mit Märchengeschichten so reizen, dass sie auch nur den Kopf wendet. Dann ist sie aber doch recht lebhaft.«

Andreas hatte das Bild der erhobenen Krallen vor Augen.

»Der Exmann wollte die Tote vermutlich wieder haben. Er hat kein Motiv, aber alles, was man für das Leichenarrangement braucht. Das Midazolam, die Seide, das medizinische Wissen. Genauso wie Dr. Michael Fischer und Jessica Wiedemann. Aber keiner von denen hat ein Motiv. Die Exfrau von Thomas Wiedemann hätte vielleicht ein Motiv, da Stefanie Zimmermann ihren ersten Mann ins Gefängnis gebracht hat, aber der Frau traue ich das überhaupt nicht zu. Die wirkt völlig gebrochen und selbst wie halb tot. In dem Haus scheint alles keimfrei und sie selbst sieht so aus, als wenn sie nicht einmal zum Lachen in den Keller geht, da sie nicht mehr weiß, was Lachen ist. Warum sie diesen Mann geheiratet hat, verstehe ich überhaupt nicht. Der erste Mann wird als kreativ und liebevoll beschrieben und der jetzige Ehemann ist völlig kalt und steril. Und streng. Sehr hart. Und irgendetwas ist da noch. Dieses Haus ist wie eine Gruft. Total seltsame Atmosphäre. Die Ehe der beiden läuft auch schlecht. Keine Ahnung, ob sie doch wieder Kontakt zu ihrem Ex hatte. Sie hatte die ganze Zeit die eine Hand am Hals. Ihr ging das Gespräch nah, sie wollte etwas verbergen und sie hat teilweise nicht die Wahrheit gesagt. Diese Situation lässt alle Alarmglocken schrillen. Und dann dieses Cello. Erst ist Stefanie Zimmermann völlig versessen darauf, dann fasst sie es jahrelang nicht an und dann entdeckt sie es plötzlich wieder. Ich muss mich dringend noch mal mit dem Arbeitskollegen von ihr unterhalten. Diesem Orchestermensch. Vielleicht hatte er etwas mit der wiederentdeckten Musikliebe zu tun.«

»Morgen sollte ich lieber 250 Gramm Nudeln kochen. Nicht 300 Gramm. Das war zu viel, letzten Mittwoch. Ich hatte etwas übrig. Aber auch nicht genug für eine Mahlzeit. Zumindest nicht für einen Erwachsenen. Vielleicht für ein Kind. Nun, die Kinder sind aus dem Haus. Also, die Portionen können gerade so groß sein, dass nichts übrig bleibt. Kalte Nudeln kleben auch immer so zusammen. Das schafft die Spülmaschine nicht immer«, dachte Angelika Fischer. Sie beobachtete leer den Weg eines Schweißtropfens. Ein Teil der Flüssigkeit verteilte sich in der Querfalte der Stirn. Sie hatte den Kopf schief gelegt. Dann ging sein Atem besser an ihr vorbei. Sie wollte den Atem nicht so richtig abbekommen. Das fand sie irritierend. Zu nah. So musste es ja nicht unbedingt sein. Es war warm genug. Ihre Hand strich unablässig auf dem Laken hin und her. Er merkte es gar nicht.

Sie reckte und schüttelte ein wenig das linke Bein. Es war ihr eingeschlafen. Es fühlte sich gar nicht mehr an. Sie beobachtete ihre Zehen beim Bewegen. Als wenn sie einer anderen gehören würden. Sie wusste zwar, dass es ihre Zehen waren und dass sie eingeschlafen waren, aber sie fühlte sich nicht so.

Er war aufgestanden. Er hatte sich beeilt. Jetzt war er ein klein wenig außer Puste. Es waren einige Schweißtropfen. Seine Stirn glänzte. Normalerweise sollte er duschen. Aber es war keine Zeit mehr. Er musste in die Praxis hinunter.

Dann setzte sie sich auf und sah aus leeren Augen zum Stuhl hinüber. »Reis hatten wir auch einige Tage nicht«, überlegte sie leise weiter, während ihr Mann seine Socken anzog und seine Hose vom Stuhl nahm. Er hatte sie zuvor sauber gefaltet und ordentlich auf den Stuhl geräumt. Das Hemd auf der Lehne, die Socken auf der Hose. Ein Unterhemd trug er nicht.

»Ich bin heute Abend um Punkt fünf zum Essen da. Wie immer«, sagte er und verließ das Schlafzimmer ohne Schuhe.

Erst blieb sie liegen und bewegte weiter die Zehen; dann stand sie auf, nahm das Frottierhandtuch von der Matratze und ging ins Badezimmer. Dort legte sie das Handtuch Kante auf Kante an die Seite. Später konnte sie es in die Waschküche bringen.

Sie stellte das Wasser der Dusche an. Zu heiß prasselten die Fluten auf ihren Nacken und ihre Brüste, als sie sich drehte. Dampfwolken machten den Spiegel blind. Sie nahm die Hitze, die ihre Haut schon stark gerötet hatte kaum wahr. Beim Drehen des Reglers merkte sie, dass es nicht heißer ging. Sie stellte sich so, dass der Strahl möglichst stark auf ihren Nacken traf.

»Ich mache Risotto. Das gelingt mir immer.«

Andreas hatte alle Regale aufgebaut, alle Kisten gefüllt und alle Umzugskartons wenigstens geöffnet. Seine Bücher hatten jetzt eine für ihn praktische Ordnung und alles war so zusammengeräumt, aufgeräumt, herumgeräumt, dass er seine Wohnung jetzt besuchstauglich fand. Außerdem hatte er die Küche geputzt, alles gespült und Kaffeepulver eingekauft. Sechs Tüten H-Milch warteten in einem alten Hängeschrank auf ihren Einsatz. Er saß in der Küche und rauchte. Er war fest davon ausgegangen, den Zettel zu finden, wenn erst einmal eine Grundordnung da war. Dann dachte er, wenn er alles sauber machte, führe sein Unterbewusstsein ihn auf die Spur des Zettels. Aber der blieb verschollen. Mitleidheischend sah er zu seiner Mitbewohnerpflanze.

Mittlerweile war er sich nicht mehr so sicher, ob es diese geheimnisvolle Schöne wirklich gab. Vielleicht hatte sein versoffenes Hirn ihn verhöhnt. Eine Geschichte vorgegaukelt. Eine schöne Illusion. Eine erwachsene Form der feuchten Träume.

Nein, sie gab es! Es musste wahr sein. Er schloss die Augen und dieses wunderschöne Gesicht erschien und diese Stimme! Da war sie. Tief in seiner Brust. Ihr Geruch, ihre Augen. Und tief in seinem Inneren wusste er, dass sie an ihn dachte.

»Das ist nicht dein Ernst! Nachdem alles so gut lief für uns. Jetzt hast du doch schon einiges geschafft! Und jetzt dieser Unsinn?! Musikwissenschaften? Mensch, Jan! Als Anwalt steht dir die Welt offen. Du kannst gehen wohin du willst, und bist unabhängig. Ich bin nicht bereit, dir so einen Unsinn einfach durchgehen zu lassen.« Jessica Wiedemann schüttelte ohne Unterbrechung ihren Kopf und sah ihren kleinen Bruder wütend an. Jetzt waren sie so weit gekommen und jetzt das. Jetzt waren sie doch beide erwachsen!

»Wir wollen zusammen weg. Ich kann es nicht fassen. Und hast du eine Sekunde an Mama gedacht?! Wir können sie doch nicht einfach bei ihm lassen!«

»Mama hat ihn geheiratet. Sie würde nicht mit uns kommen. Das weißt du genau.« Jan war ganz ruhig. Er fühlte sich seit einiger Zeit doppelt. Da gab es diesen einen Teil in ihm, der sich höllisch aufregen konnte. Ein zweiter Teil stand über den Dingen. Als wenn er einen Film betrachten würde. Einen Film, der ihn auch nicht sonderlich belangte. Wie im Hintergrund.

Er liebte seine Schwester. Und beide Anteile wussten, dass er sie liebte. Aber sein einer Teil lächelte jetzt ruhig und betrachtete sie wie ein wütendes Kind. Das war sie auch immer noch. Auf diese ganz besondere Art und Weise war sie immer das Kind geblieben, das sie damals war. An diesem Sommertag. Diesem ersten Tag im Juli. Danach war sie ewig dieses kleine Mädchen geblieben. Sie hatte so fremd ausgesehen. Wie schlafend. Ihre Haare hatten nass am Kopf geklebt und das Kleid war an der Seite schmutzig. Er hatte stundenlang neben ihr gesessen und ihre Hand gehalten. Zumindest kam es ihm in der Erinnerung wie Stunden vor.

Er war fünf und wusste, dass Hand halten immer half. Er hatte auch Angst gehabt. Weil sie nichts sagte. Auch, als sie die Augen wieder öffnete, hatte sie kein Wort gesagt. Damals hatte er beschlossen, immer auf diese Hand aufzupassen.

»Jessi, an Jura habe ich das Interesse verloren. Klar, wenn Papa noch da wäre. Er wäre stolz auf mich gewesen. Aber wenn ich Musikwissenschaften studiere, ist er auch stolz«, fügte er leise hinzu.

Er strich seine Haare aus der Stirn. Fast, als ob er die Gedanken auch wegstreichen konnte.

»Hast du's ihnen schon gesagt?«, fragte sie leise. »Nein.« Damit war das Thema erst einmal beendet.

Stöhnend richtete sich Heinrich Wittmann auf. Sein Rücken mochte langes Bücken nicht. Den Garten in Ordnung zu halten war eine Qual geworden. Wenigstens war jetzt alles soweit, dass er sich keine Sorgen mehr um die Dachrinne oder die Helligkeit im Haus machen musste. Seine Sehfähigkeit hatte in den letzten Jahren extrem nachgelassen und das Tageslicht war wichtig für ihn. Und dann diese irren Stromkosten!

Man wusste doch gar nicht, wo das noch alles hinführen sollte. Überall stiegen die Kosten und explodierten die Preise. Man kam gar nicht mehr hinterher mit dem Sparen. Zunehmend drückten ihn Existenzängste. Er hatte das Gefühl, ihm Leben gar nichts mehr beeinflussen zu können.

Ja, klar: Er hatte seinen Verein. Aber auch da drängten sich so junge Hüpfer in den Vorstand. Galt das denn gar nichts? Er hatte doch sein Leben lang etwas geleistet! Und jetzt bügelte man so über ihn hinweg …

Seitdem die Büsche und die zwei hohen Fichten endlich aus dem Vorgarten weg waren, war sein Wohnzimmer viel heller und er hatte das Gefühl wieder Luft zu bekommen. In den letzten Wochen hatte er alles sauber mit Rindenmulch bedeckt. Wenn er sich so ein 5-Liter-Eimerchen füllte, konnte er sicher gehen und mit einer Hand an der Hauswand entlang tasten. Jetzt standen nur noch ein arg gestutzter Flieder und ein Haselbusch.

Er wendete sich um, als ihn jemand mit seinem Namen ansprach.

»Mein Name ist Andreas Raab. Herr Wittmann, bitte beantworten Sie mir einige Fragen zu Frau Zimmermann.«

»Der Verrückten? Die sie gelyncht haben? Da wird einer gewusst haben, warum er sie umgebracht hat«, sagte er grimmig. »Ich habe nur vom Sohn meines Bekannten meinen Garten aufräumen lassen! Können Sie sich vorstellen, wie dunkel mein Wohnzimmer war?! Und bei jedem Sturm hatte ich Angst, meine Dachkandel wird mir abgerissen. So haben sich die Zweige bewegt. Da kann man Angst kriegen. Und diese Verrückte, die rettet die Bäume. Jetzt macht sie angeblich eine Rettungsaktion im Park. Im Park. Da stehen doch genug Bäume. Manche Menschen haben einfach nix zu tun. Na, jetzt hat es sich ausgerettet …«

Andreas beobachtete, wie der ältere Herr mit seinem Eimerchen die Hauswand entlangtastete, und bedankte sich. Das war vermutlich keine richtig heiße Spur aus der Nachbarschaft. In Eppelheim war der Mörder nicht unbedingt zu suchen.

Mit dem von den Eltern des Mordopfers entliehenen Schlüssel öffnete er die Haustür und stieg in den zweiten Stock. Das Treppenhaus war stickig und warm. Es roch nach Öl. Das Haus hatte eine Ölheizung. Es war ein Gebäude aus den 80er-Jahren und vier Parteien hatten ihr Zuhause hier. Er las im Vorübergehen die Namen und wendete sich aber zuerst der Wohnung von Stefanie Zimmermann zu.

Vor der Wohnungstür stand nichts. Kein Schuhregal, keine Deko, keine Pflanze. Die Klingel war mit dem dafür vorgesehenen kleinen Schildchen beschriftet. Kein selbst gemachtes

Schild. Nichts Persönliches von außen. Das Siegel der Spurensicherung war restlos und sauber entfernt. Da hatte sich jemand Mühe damit gegeben.

Innen stand die Luft. Natürlich. Seit Wochen war hier nicht gelüftet worden. Aber es war augenfällig, dass jemand kam und die Pflanzen goss. Von der Wohnungstür aus sah man durch einen kurzen Flur in ein großes, helles Wohnzimmer. Der Boden war mit Kork belegt. Andreas schloss die Tür von innen und blieb einfach einen Moment auf der Stelle stehen. Er wollte die Wohnung kurz wirken lassen. Die Wände waren weiß und apfelgrün. An den Wänden hingen Aquarelle und Ölbilder. Landschaften. Es roch ein klein wenig nach Lavendel. Vielleicht hatte sie eine Potpourri-Schale in einem Raum stehen. Er ging ins Wohnzimmer weiter. Hier gab es ein großes ausladendes und sehr bequem aussehendes Sofa. Sie hatte eine Vielzahl von verschiedenen Kissen und eine flauschige naturweiße Decke auf dem Sofa verteilt. An der Seite stand ein Ohrensessel. Auch auf ihm lagen zwei Kissen. Andreas setzte sich mitten in die Kissen und legte die Beine hoch. Er hatte sofort ein schlechtes Gewissen. Das war eine Distanzübertretung, die ihm bei einem lebenden Menschen auch schwer gefallen wäre. Er hatte das gruselige Empfinden, sie wäre neben ihm und beobachte sein Verhalten.

»Stefanie, es tut mir leid, dass ich hier eindringe. Ich bin auf der Suche, nach deinem Mörder. Bitte hilf mir und sende mir die richtigen Impulse.« Er hatte laut gedacht und erschrak ein wenig über den Laut seiner Stimme.

Er blickte sich weiter um: eine Regalwand mit vielen Büchern. Das Regal war aus Buchenholz und sah sehr individuell aus. Vor den Büchern standen kleine Figuren und Andenken. Ein paar Fotos, die sie mit anderen lachenden Menschen zeigte. Ein Bild von einer Schulklasse. Nichts, was ihm irgendwie besonders auffiel. Ein kleiner Fernseher. Viele, viele Grünpflanzen. Er stand auf und wechselte ins Schlafzimmer. Ein großer Einbauschrank, ein großes Bett, ein kleiner Nachttisch. Alles sehr massiv, solide, praktisch, schön, neutral.

An einer Wand gab es einen etwas helleren Fleck. Hier hatte ein Bild gehangen und war nachträglich abgenommen worden. Ein Foto? Von wem? Oder war es ihr beim Putzen herunter gefallen? Er betrachtete die Tagesdecke noch einen Augenblick und dann legte er sich auf das Bett und sah nach oben.

Und da war es.

Das, was er gesucht hatte. Der Hinweis auf einen Zusammenhang. Dort an der Decke hing ein Foto. Darauf sah man die junge Stefanie Zimmermann. Und neben ihr stand sein Hinweis.

In den alten Mordakten gab es nicht viel Neues. Christian hatte Andreas in seinen Arbeitsraum eingeschleust und die Akte vor ihn auf den Tisch gelegt. Dann hatte er ihn eingeschlossen und war essen gegangen. So konnten beide sicher sein, dass niemand Andreas störte.

Der tote Junge war in einem autobahnnahen Waldstück bei Sinsheim gefunden worden. Der Unterkörper nackt. Oben mit einem T-Shirt mit Bärenmotiv bekleidet. Die Bilder waren grauenhaft. Man hatte das Kind wie Müll abgeladen. Einfach weggeworfen. Andreas fand die Bilder unsäglich und war froh, nur selten so etwas Grässliches betrachten zu müssen. Er bekam so eine unbändige Wut gegen den Menschen, der das getan hatte. Ein Kind! Ein anderer *Mensch*! Das konnte doch niemanden kalt lassen! Welche starken Verdrängungsmechanismen mussten da wirken, um mit so etwas weiter zu leben. Welcher Druck musste sich da aufbauen, dass er in so einem Vorgang endete. Die menschliche Psyche war so etwas Wunderbares und Leistungsfähiges. Funktionierte aber leider auch bei so einer Tat.

Kurz dachte er über kulturelle Prägung, Toleranz und Neutralität nach. Aber das Entsetzen blieb trotzdem in Form eines dumpfen, schlechten Gefühls in der Brust.

Er ging in das Gefühl und bewegte den Blick so lange im Raum umher, bis es besser wurde.

Er brauchte einen klaren Verstand jetzt.

Man hatte eigentlich damals nichts gefunden, was die Ermittlungen voranbrachte. Keine Spuren von Haut oder ein anderer Hinweis auf den Täter. Der Mörder hatte damals ein Kondom verwendet und den Jungen erstochen.

Keine Tatwaffe, keine Spuren, keine Zeugen. Nur Stefanie Zimmermann, die den Wiedemann mit dem damals verschwundenen Jungen in dessen Auto an der Schule gesehen haben wollte.

Thomas Wiedemann unterrichtete dort als Musiklehrer. Stefanie war damals wohl kurz vor dem Abitur. Der Fall galt als abgeschlossen. Thomas Wiedemann hatte den Mord nicht bestritten. Er hatte sich gar nicht geäußert. Die Richter sahen das als Hinweis der besonderen Kaltblütigkeit. Er wirkte während der Verhandlungstage, als hätte das nichts mit ihm zu tun.

Andreas hatte dieses ganz eigene Gefühl, dass da etwas nicht stimmte und mit seinem jetzigen Mord in Verbindung stand.

Bei seinem zweiten Besuch im Wohnhaus Stefanie Zimmermanns wendete sich Andreas als Erstes der Wohnung auf dem gleichen Stock zu. Er klingelte.

Nichts. Nichts rührte sich.

Ein Stockwerk tiefer hatte er mehr Glück. Es stand ein Schuhregal mit Schuhen in verschiedenen Größen vor der Tür. Eine Familie. Die kleinsten Schuhe waren in Größe 23. Da gab es ein noch recht kleines Familienmitglied.

Eine sympathische Frau mit braunen, kurzen Haaren öffnete.

»Ja, bitte?« In diesem Moment flitzte ein kleiner wolliger Westhighland-Terrier neben den Beinen der Frau durch die offene Tür und die Treppe hinunter. Mit einem erschrockenen

Satz sprang die Frau hinter dem kleinen schnellen Hund hinterher. »Hops! Komm sofort zurück! Hooooops!!!« Beide rasten das Treppenhaus hinunter. Andreas wartete einen Moment. Nach kurzer Zeit kam die Frau mit dem kleinen Knäuel auf dem Arm die Treppe wieder hoch. Die geschlossene Haustür hatte die Flucht jäh beendet und der kleine Hund wurde wieder aufgesammelt und mitgenommen. Der kurze Ausflug hatte ihm augenfällig gefallen. Der Kleine hechelte freundlich.

»Mein Name ist Andreas Raab. Ich habe einige Fragen zu der verstorbenen Stefanie Zimmermann.«

»Ah ja, Stefanie. Das ist eine schreckliche Geschichte. Ich kann es noch gar nicht fassen. Sie hat ab und zu mal nach den Kindern gesehen, wenn ich einen Termin hatte. Sie sehen ja: Ich habe alle Hände voll zu tun.« Sie hob den kleinen freundlichen Hund ein wenig höher. »Mit Stefanie hatten wir viel Glück. Meine jüngste Tochter ist erst fünfzehn Monate alt. Da ist es schon schön, wenn man jemand Zuverlässiges im Haus hat. Obwohl es in der letzten Zeit auch mal Diskussionen gab. Steffi hat vor einigen Monaten plötzlich begonnen, Cello zu spielen. Cello! Und das oft stundenlang am Tag. Die Kinder müssen schon auch mal schlafen. Aber das haben wir geklärt. Wir hatten dann feste Zeiten, in denen sie geübt hat. Wir haben Ruhezeiten vereinbart.«

»Wann war das? Wann genau hat sie ihre alte Liebe zur Musik wieder entdeckt?«

»Musik *gehört* hat sie schon seit sie hier im Haus wohnt. Aber Cello? Warten sie mal ...« Sie überlegte kurz.

»Ich würde mal sagen so ziemlich mit der Geburt von Emily. Das ist meine Kleine.«

Andreas nickte. Das war eine wichtige Information. Er bedankte sich freundlich für das Gespräch und kraulte Hops kurz zwischen den Ohren.

Nachdem die Wohnungstür wieder geschlossen war, wendete er sich der zweiten Partei auf diesem Stockwerk zu.

Hier gab es keine Schuhe vor der Wohnung, aber ein selbst gemachtes Namensschild auf Gips und Dekoperlen, das zeigte, dass hier die Familie Müller zu Hause war. Aber leider öffnete auch an dieser Tür niemand.

Der junge Mann mit dem Karton in den Händen rannte ihn fast über den Haufen. »Huch! Vorsicht!« Andreas machte einen Satz nach hinten. Durch das abrupte Abbremsen ließ der Mann den Umzugskarton fallen und der Inhalt kippte auf den Boden des Hauseingangs. Es gab ein lautes Getöse. Ärgerlich murmelnd sammelte der Umzugshelfer den Salat aus Kleidung, Aktenordnern, Werkzeug, Kleinteilen und einem Bilderrahmen wieder in den zuvor auf dem Boden abgestellten Karton ein. Er klaubte die Büroklammern, ein Stück von einer Armbanduhr, Radiergummis, kleine Überraschungsei-Figuren und verschiedene Kugelschreiber in eine kleine Plastikschachtel.

In der Zwischenzeit war ein anderer hinter ihm erschienen. Der trug eine Palme und eine Stehlampe. Der Kartonträger beeilte sich zu sagen: »Jan, ich habe gleich wieder alles eingesammelt. Ich bin mit dem Typ zusammengestoßen.« Man konnte eine leichte Spannung in der Luft fühlen.

Andreas musterte den angesprochenen Palmenträger. Er war mittelgroß, sehr hager, mit kurzen Haaren und hatte sehr feingliedrige Hände. Er trug Jeans und ein normales T-Shirt ohne einen Aufdruck. Also, so völlig normal und neutral. Nur seine Körperhaltung hatte etwas vorsichtig Lauerndes an sich. Und in diesem Karton musste etwas Wichtiges stecken, da sein Kumpel so nervös geworden war.

»Ich möchte zu Ihnen, Herr Wiedemann.«

Die Augen wurden zu kleinen Schießscharten. Sonst war erst keine Reaktion sichtbar. Dann ging das Kinn einen Hauch nach vorn, die Lippen schürzten sich minimal und man konnte die Spannung fühlen.

»Ich bin beschäftigt, das sehen Sie doch.«

Jetzt wanderten seine Schultern leicht nach außen. Er machte sich deutlich größer. Interessant.

»Sie ziehen um? Wohin, wenn ich fragen darf?«

Wenn Blicke töten könnten …

»Das geht Sie nichts an. Was wollen Sie von mir?«

Der Umzugshelfer wendete sich jetzt zu dem Kleinwagen vor dem Haus um und schichtete den Karton zu den Reisetaschen und Kisten im Auto. Wie um die Unwichtigkeit der Begegnung zu unterstreichen.

Jan Wiedemann stand immer noch wie fest gewachsen mit der Pflanze und der Lampe im Hauseingang. Als Andreas einen Schritt auf ihn zu machte, ging er eine Spur zu schnell zum Auto und packte beides auf den Beifahrersitz. Als wäre Andreas Luft sagte er mit übertrieben ruhiger Stimme zu seinem Helfer: »Danke Dennis. Ich melde mich bei dir. Die WG-Nummer von Mainz hast du ja auch.«

»Jepp. Tschau, Alter. Du machst das schon. Hau rein.« Beide beklopften sich kurz und Jan stieg in den Fiesta und fuhr ohne weiteren Kommentar davon. Andreas blickte dem Fahrzeug nach und fragte dann den anderen: »Waren Sie mit Jan Wiedemann beim Zelten, als diese Stefanie Zimmermann ermordet wurde?«

»Sind Sie Polizist?«

»Nein, ich bin Psychologe.«

»Dann muss ich Ihnen auch nicht antworten. Wenn Sie eine Rechtsgrundlage für Ihre Fragen haben, können Sie mich wieder fragen.«

Damit verschwand er im Haus und schloss die Haustür von innen.

Mit einem Satz war Andreas bei seinem Handy. Er hatte es auf den Küchentisch gelegt und war gerade dabei, Nudeln abzugießen.

»Dresel? Hier ist Christian. Ich habe sehr interessante Neuigkeiten.« Andreas Gefühl rutschte in seine Schuhe. Er hatte so gehofft ...

Ärgerlich versuchte er, das Bild der Schönen aus seinem Kopf zu kicken. Na, ja. Ein Anruf von Christian war auch okay. Wenn er nur diesem Zettel finden könnte.

»Hm«, grunzte er.

»Das klingt ja sehr begeistert ... Wir haben Nachrichten aus Freiburg bekommen. In den 80ern hatten wir vier Morde an kleinen Jungen in Frankreich und einen in Freiburg. Alle Kinder wurden mit Messern erstochen und sexuell missbraucht. Da die Fälle in Frankreich neu aufgerollt wurden, konnte man heutzutage die Morde eindeutig per DNA-Abgleich einem der Verdächtigen damals zuordnen. Und jetzt kommt's: Im Laufe der neuen Ermittlungen konnte eine Ähnlichkeit zu unserem Fall in Sinsheim festgestellt werden. Der Mörder in Frankreich hat die beiden Morde, den in Freiburg und den in Sinsheim auch gestanden.«

Andreas war schlagartig bei der Sache. »Das heißt, Thomas Wiedemann saß unschuldig siebzehn Jahre in Haft?«

»Genau. Das heißt es.«

»Dann hat Stefanie Zimmermann damals tatsächlich eine Falschaussage gemacht! Aber warum?«

»Ich habe noch keine Ahnung.«

Angelika Fischer war leicht verärgert über die Störung. Die Türklingel. In 43 Minuten sollte das Essen auf dem Tisch stehen und ihr Mann konnte ungehalten werden, wenn nicht alles seine Ordnung hatte. Sie öffnete die Tür und blickte Andreas unfreundlich entgegen.

»Frau Fischer, ich habe interessante Neuigkeiten. Bitte darf ich hereinkommen.«

Wortlos wendete sie sich um und ging in die große Halle voraus, wo sie sich wieder zu ihm drehte. Ihre Bewegungen waren sehr gezielt, aber sahen auch sehr ungeduldig aus. Sie blickte ihm gesichtslos entgegen. Es war deutlich, dass sie keineswegs bereit war, ihm viel Zeit zu widmen.

»Thomas Wiedemann saß unschuldig. Der wahre Mörder des kleinen Stefan wurde gefasst und hat den Mord gestanden.«

Erst passierte nichts. Dann wich alle Restfarbe aus dem an sich schon bleichen Gesicht. Sie wankte kurz. Dann begann ihr Kopf in einer Schüttelbewegung zu pendeln. »Nein, nein, nein …, das ist nicht möglich«, flüsterte sie.

Andreas fühlte Mitgefühl in sich aufsteigen. Dann nahm er seine eigene Regung wahr und schob den Gedanken beiseite.

»Wie …?« setzte sie an, bis ihre Stimme bröckelte.

»Es wurden alte Fälle in Frankreich wieder aufgerollt und der Mörder konnte mit der modernen Ermittlungstechnik gefunden werden. Er hat alle Morde gestanden.«

Ihr Atem ging flach und schnell. Sie sah ihn aus leeren Augen an und sagte nur schlicht: »Bitte lassen Sie mich jetzt allein.«

Den Bruchteil einer Sekunde später stand eine andere Frau neben ihm. Als wäre jemand in ein Angelika-Fischer-Kostüm geschlüpft. Aufrecht, unbewegt, steif. »Gehen Sie jetzt! Warum haben Sie mir das überhaupt erzählt? Ich will davon nichts mehr hören.«

Andreas saß in seinem neuen Sessel und hoffte auf das Klingeln des Telefons. Nichts rührte sich. Seine Fingerkuppen bewegten sich über die Armlehnen und spielten mit dem Stoff. Sie bewegten sich langsamer und er dachte darüber nach, ob Leder noch schöner gewesen wäre.

Gerade, als er in Gedanken *zu zweit* in diesem Sessel versinken wollte, drängte ein Gedanke alle Erotik zur Seite. Leder. Entsetzt verfolgte er diesen Gedanken und stand auf. Er ging einige Schritte und versuchte herauszufinden, warum sein Herz plötzlich so schnell schlug. Sehr pflegeleicht. Man braucht nur einen Lappen. Er schnappte seine Jacke und ging an den Neckar. Die Hauptstraße sah er nicht. Auch die Passanten nicht. Pflegeleicht, abwischbar, Leder, hell, abwischbar, Leder – die Worte kreisten in seinem Kopf wie in einer Schneekugel.

Sie war wirklich eine angenehme Frau. Ich habe sie gemocht.« Peter Hummel war eine riesige Erscheinung. Sein durchtrainierter Körper kam in der gut sitzenden Jeans und dem Poloshirt sehr gut zur Geltung.

»Hatten Sie beide ein Verhältnis?« Andreas sah ihn unverwandt an.

Peter Hummel lachte übertrieben belustigt. »Meine Frau würde mich umbringen.« Dann bemerkte er, was er da gerade gesagt hatte, und sagte: »Entschuldigung«. Andreas beobachtete genau das Gesicht und die Körpersprache des Musiklehrers. Ein eitler Frauenheld, der weiß, wie attraktiv er wirkt? Andreas baute sich etwas mehr vor ihm auf.

»Sie haben meine Frage noch nicht beantwortet. Waren sie ein Paar? Sie haben sicher Chancen bei den Damen.« Geschmeichelt sah Peter zur Seite. Seine linke Hand wanderte in den Nacken und kratzte sich. Erinnerungen?

»Nein. Wir haben uns ganz gut verstanden, aber mehr nicht. Wir waren Kollegen. In den letzten Monaten war sie auch total verändert. So ruhelos. Sie war nur noch körperlich anwesend. In den Freistunden ist sie viel herumgewandert. Also, ich hatte zum Schluss keinen Draht mehr zu ihr.«

Aha. Eine alte Sache also. Sie wollte ihn nicht mehr. Interessant. Andreas beobachtete nur dastehend weiter die immer flacher und schneller werdenden Atemzüge. Der Mann schwitzte heftig mittlerweile.

»Wussten Sie, dass sie ausgezeichnet Cello spielte?«

Jetzt war Peter Hummel zusätzlich verwirrt. Vielleicht fragte er sich gerade, ob es sein könne, dass sie über unterschiedliche Personen sprachen.

»Cello? Nein. Das kann ich mir auch gar nicht vorstellen. Sie hätte doch bestimmt einmal etwas erwähnt …«

Der Kopf von Peter Hummel pendelte.

Ah, keine Musik. Wenig private Information. Also nur Sex. Keine sonstigen, tiefschürfenden Gespräche. Das reicht nicht für einen Mord. Zu wenig Emotion. Unwahrscheinlich. Oder, um die Affäre zu verheimlichen. Aber die war ja schon eine Weile her. Hm. Aber es war auch keine wirkliche Affekttat. Schwierig ...

»Frau Wiedemann, haben Sie eine implantologische Ausbildung der Deutschen Gesellschaft für Implantologie gemacht?« Zum Glück hatte er sie zu Hause angetroffen.

»Das ist ja eine seltsame Frage. Was hat das denn bitte mit meinem verstorbenen Vater zu tun?« Ihre Stimme klang sehr misstrauisch und abweisend. Manchmal war Telefonieren noch besser als andere Kontakte. Jetzt war er aber persönlich zu Besuch.

Man konnte die Stimme in ihren Feinheiten viel besser *hören*. Da schloss er einfach ein wenig die Augen. Jetzt konnte er noch feiner hören. Wahrscheinlich sah das ausgesprochen seltsam aus. Wie er mit geschlossenen Augen vor ihr stand und sich unterhielt. Vielleicht dachte sie schon längst, dass der Typ extrem seltsam war und sich auch eigenwillig benahm ...

»Sie haben mir erzählt, Sie hätten Ihrem Bruder die Weisheitszähne herausoperiert. Das macht man doch normalerweise mit einer chirurgischen Ausbildung und nicht in einer Kinderzahnarztpraxis.« Andreas versuchte bewusst, gleichmäßig tief und sonor zu sprechen. Er senkte die Stimme am Wortende ab.

»Das ist richtig. Ich habe das komplette Curriculum für Implantologie gemacht. Das wird auch von der DGI anerkannt. Ich habe in meiner ersten Stelle in einer oralchirurgischen Praxis gearbeitet. Meine jetzige Stelle habe ich angenommen, um wieder in Heidelberg arbeiten zu können. Eines Tages werde ich vielleicht wieder chirurgisch arbeiten. Gut, wir haben die Narkosetermine bei den Kids. Da werden oft mehr als sechs Zähne an einem Termin entfernt, aber das ist doch etwas völlig anderes. Andererseits sind Kinder zauberhaft. Es ist ein anderes Arbeiten. Mehr in einer Traumwelt, wenn Sie verstehen, was ich meine? Da gibt es nur schöne Dinge und Märchen.« Die Stimme ging am Satzende immer wieder in die Höhe. Sie war unsicher?

»Waren Sie schon einmal im Steigenberger Hotel Frankfurt?« Andreas näherte sich dem Kern des Besuchs.

»Ja, vor drei Jahren. Aber, können Sie mir bitten endlich sagen, was das zu bedeuten hat?«

Er öffnete jetzt die Augen wieder und beobachtete sie im hellen Licht der Neonbeleuchtung des Treppenhauses. Heute hatte sie für Helligkeit gesorgt. Viel Helligkeit. Sie sah blass und aufgeregt aus.

Aber Andreas dachte die ganze Zeit, dass das zu einfach gewesen wäre.

Er wollte ihr zeigen, dass er ihr freundlich gesonnen war, und trat ein Stück vor. Sie sprang zurück, als ob er sie geschlagen hätte. »Fassen Sie mich nicht an! Und lassen Sie sich nie wieder hier blicken!« Sie schlug die Tür krachend zu. Er starrte auf die geschlossene Tür.

Das Café Reichspost in Eberbach war seit Jahrzehnten ein Asyl für Schüler, ältere Damen und andere Liebesbedürftige. Mit einem Stück Torte oder einer Tasse heißer Schokolade wirkte das Leben wieder rosiger und die Sorgen schrumpelten in sich zusammen. Hier war ein Platz, um Luft zu holen, Energie zu tanken und sich innerlich wieder einzupendeln. Die Inneneinrichtung bestand aus bequemen alten Sofas mit plüschigen Bezügen und wunderbaren Stühlen und Tischchen im Wiener Stil, die Luft war von den Geräuschen der leisen Gespräche und dem Summen und Zischen der Kaffeemaschinen erfüllt und es duftete nach Kaffee, Schokolade, Biskuit, Marmelade und Heimat. Und so fühlte es sich auch an.

Sabine nippte versonnen an ihrem weißen Tee und war schlicht zufrieden. In ihrem Bauch ruhten zwei große Stücke

Kuchen und sie dachte darüber nach, ob sie später gleich eine große Tüte Pralinen mitnehmen wollte.

»Für so einen Cafébesuch könnte ich dich glatt heiraten.« Andreas machte ein gespielt schockiertes Gesicht. »Na, wir wollen es ja nicht gleich übertreiben.«

Sabine lachte. »Vorsicht: Frauen sind aus enttäuschter Liebe zu allem fähig.« Sie machte eine drohende Bewegung und nickte, um noch ernsthafter zu wirken.

Andreas sprang auf, zahlte und ging. Sabine schaute ihm fassungslos hinterher. Sie konnte diese Reaktion jetzt beim besten Willen nicht verstehen.

Erschüttert starrte sie ihm nach. Was war das denn jetzt gewesen? Dann bestellte sie sich das dritte Stück Kuchen und dachte an etwas Angenehmeres.

Christian saß schon im »Eckstein«, als Andreas ankam. »Was ist denn passiert? Hast du den Mörder?«

Christian war völlig überstürzt zu der alten Heidelberger Kneipe gekommen, da Andreas so wahnsinnig dringend gewirkt hatte.

»Was ist mit dem Alibi von Angelika Fischer?« Begeisterung und Aufregung waren in Andreas' Augen.

Christian lehnte sich enttäuscht zurück.

»Das hätte ich dir schon auch am Telefon sagen können: Sie war an der Nordsee und hat dafür mehrere Zeugen. Sie hätte schon einen Hubschrauber gebraucht, um auch nur in die Nähe zu kommen. Selbst wenn sie den Mord zusammen mit ihrem Mann begangen hätte ... Die beiden wurden im fraglichen Zeitraum in einem Fischrestaurant gesehen. Dr. Fischer hat da oben ein Haus. Aber sie haben noch mehr Zeugen, die sie beide zusammen in der Nacht gesehen haben. Der Nachbar des Ferienhauses hatte seinen Hund gesucht. Die beiden haben geholfen, den Hund zu finden.«

»Dr. Fischer als hilfsbereiter Nachbar?« Andreas spottete.

»Eher als Tierarzt. Hunde mag er vielleicht lieber, als Menschen.« Andreas nickte Christian verstehend zu. »Du hast das auch wahrgenommen? Das ist eine Farce, diese Ehe. Warum bleibt sie bei diesem Mann? Zumal es große Probleme mit den Wiedemann-Kindern und dem Stiefvater zu geben scheint. Sie hätte wirklich ein Motiv! Rache.«

»Dresel, da sage ich *dir* doch nichts Neues: Menschen sind vielschichtig!«

Andreas starrte vor sich hin. Er war sich sicher, dass er auf der richtigen Spur war. Aber er hatte etwas übersehen. Sex, Macht, Geld, Rache – das waren die großen Motive. War das auch hier der Fall?

»Wie läuft's mit deiner Neuen?« Andreas hatte einen spitzbübischen Gesichtsausdruck angenommen.

Christian lächelte glücklich als Antwort.

»Vielleicht solltet ihr das mit dem Tisch lassen? Das ist eben doch schlecht für den Rücken. Sie ist zwar schlank, aber sooo schlank dann doch nicht.« Christian schaute, als ob man ihn bei etwas Peinlichem erwischt hätte. Hatte man vielleicht auch …

Andreas grinste. »Aber du bist glücklich. Das finde ich schön. Ich freue mich für dich. Fragst du sie heute noch?«

»Was …?«

Andreas lachte noch mehr. »Habe die Schachtel mit dem Ring in der Brusttasche deiner Jacke gesehen. Man kann den Umriss deutlich von außen erkennen. Offensichtlich macht sie dich ganz schön glücklich, wenn du sie heiraten willst! Gratuliere.« Christian war sprachlos.

»Ortmann?« Sein Telefon rauschte etwas. »Herr Ortmann, hier spricht Andreas Raab. Ich habe vor Kurzem mit Ihrer Frau gesprochen. Erinnern Sie sich?«

»Ah, ja. Kann ich Ihnen noch helfen?«

Armer Mann. Die einzige Tochter. Das war sicher hart für ihn.

»Hatte Ihre Tochter eine enge Schulfreundin? Können Sie mir vielleicht einen Namen sagen?«

Es dauerte eine Weile, bis der Vater des Mordopfers antwortete.

»Ihre Freundin früher hieß Silke Köhler. Sie waren im Gymnasium immer zusammen. Silke war auch im Schulorchester. Sie wohnt nicht weit von hier. Sie heißt heute Schiller. Sie hat Familie.«

Andreas notierte sich den Namen, bedankte sich und schaltete sein Laptop an, um die Nummer herauszusuchen.

Das Haus war in den 50er-Jahren gebaut worden und gut in Schuss. Andreas schloss sein Rad mit einem Spiralschloss ab und schüttelte sich. Die Goretex-Jacke hatte das Wasser zwar abgehalten, aber Wunder konnte sie auch nicht vollbringen. Es schüttete seit Stunden wie aus Kübeln und er fühlte sich etwas verlegen, so bei Fremden klingeln zu müssen. Er hätte lieber die Straßenbahn oder den Bus nehmen sollen, aber jetzt war es zu spät. Jetzt war er nass.

Eine halbe Stunde später saß er mit Silke Schiller in einem gemütlichen Wohnzimmer und trank Kaffee aus einem Pot mit Sternzeichen Zwilling. Frau Schiller schien zwar betroffen, vom Mord ihrer Schulfreundin, aber sie hatte ihn fast begeistert in ihre Wohnung gebeten: in der Voraussicht, exklusiv Neuigkeiten zu erfahren. Jetzt blickte sie ihn gebannt an und wartete. Seine nasse Regenjacke tropfte im Flur neben den Jacken der Familie vor sich hin.

»Frau Schiller, Sie waren jahrelang mit Stefanie Ortmann befreundet. Sie haben die Zeit mit dem Kinderschänderprozess doch hautnah erlebt! Was können Sie mir dazu erzählen?«

Beim Wort »hautnah« waren ihre Augen begeistert größer geworden und es war sichtlich angenehm für sie, auch *endlich* einmal zu Wort zu kommen.

»Steff war total still. Eigentlich hat sie immer Cello geübt. Sie war nicht so eine mit Jungs und so. Dass ausgerechnet das passiert, konnte keiner wissen. Gerade sie! Und dann hat sie einfach nicht verstanden, dass es nicht weiterging. Na, beim Ersten kann man das vielleicht auch verstehen, nicht? Ein wenig eingebildet war sie ja schon. Sie hat sich immer für was Besseres gehalten. Da hat sie die Geschichte besonders erwischt. Na, hübsch war sie ja auch. Und begabt. Das hat er zumindest immer gesagt, dass sie so begabt sei. Das war es dann wahrscheinlich auch. Er fand das Talent einfach sehr faszinierend. Aber, es hat nicht dafür gereicht, seine Familie zu verlassen. Er hat zwei Kinder, glaube ich. Na, die sind jetzt wohl auch schon groß.«

Sie kippte sich einen großen Schuss H-Milch aus einem Tetrapack in ihre Tasse. Andreas hatte still gelauscht und ab und an genickt, um sie zum Weitersprechen zu ermuntern.

»Es konnte ja keiner ahnen, dass so etwas ans Licht kommt. Steff war monatelang nicht mehr ansprechbar. Das Cello hat sie nicht mehr angefasst. Ich konnte sie auch nicht trösten. Sie hat völlig dicht gemacht. Ich habe dann nach dem Abitur nichts mehr von ihr gehört. Bis es im Radio kam. Ein Mord! Und dann auch noch meine alte Schulfreundin. Sie hatte echt kein Glück. Dass das dann so ein Ende genommen hat. Hat man den Mörder denn immer noch nicht? Sie wären nicht hier, wenn man nicht immer noch den Mörder suchen würde, nicht wahr? Aber da kann ich Ihnen wohl nicht helfen. Wahrscheinlich war das mit der Familie auch alles Tarnung. Arme Steff. Hätte sie sich mal lieber in einen aus unserer Klasse verliebt. Aber wo die Liebe hinfällt, nicht?«

Andreas hatte ihr zugehört und versuchte das Gesagte zu verstehen.

»Ich glaube, ich bin nicht ganz im Bilde, wovon Sie sprechen. Wessen Liebe ist wo hingefallen? Thomas Wiedemann, der Mann, den man damals in diesem Prozess verurteilt hat, war unschuldig. Das Ganze war ein Irrtum«, klärte Andreas sie auf.

Sie starrte Andreas an. Silke Schiller schüttelte den Kopf und setzte erneut an. »Ich weiß doch, wer Thomas Wiedemann ist! Steff hatte ihn ja gesehen. Damals ist eine Welt für sie zusammengebrochen! Das müssen Sie sich mal vorstellen: die erste große Liebe. Und sie musste ihn ans Messer liefern.« Einen Moment herrschte Schweigen.

»Wollen Sie mir gerade etwa sagen, dass Stefanie Zimmermann, geborene Ortmann, Thomas Wiedemann schon *vorher* kannte?«

»Na, sicher. Er war ja unser Orchesterleiter und ihr Cello-Lehrer. Sie hat ihn geliebt!«

Andreas erstarrte. »Sie waren ein Paar?«

»Na, Paar würde ich nicht sagen. Er war ja verheiratet. Er wollte seine Frau unter keinen Umständen verlassen. Aber das musste er ja dann auch nicht mehr. Sie hat gelitten wie ein Hund.«

Andreas trank seinen Kaffee in einem Zug leer und bedankte sich. Silke Schiller begleitete ihn erschrocken zur Wohnungstür. Sie war etwas verwirrt, warum dieses nette Zusammentreffen so schnell beendet war. Die Nachricht von der Unschuld Thomas Wiedemanns war einfach an ihrem Kopf abgeprallt.

Es schüttete in Strömen. Andreas war durchweicht bis auf die Haut. Er merkte es nicht. Seine Gedanken überschlugen sich. Das Regenwasser spritzte nur so von seinen Reifen weg. Sein Atem kam stoßweise. Das Opfer und Thomas Wiedemann ein Liebespaar! Das änderte noch mal alles. Er musste dringend noch einmal mit Angelika Fischer sprechen. Was war damals geschehen?! Hatte sie von der Beziehung ihres Mannes gewusst? Hatte sie nach seiner Haftentlassung ihre Beziehung wieder aufleben lassen? Hatte vielleicht Michael Fischer davon erfahren? Hatte er vielleicht sogar seinen alten Widersacher ermordet? War der Tod Thomas Wiedemanns kein Selbstmord gewesen? Am besten, er fuhr nicht nach Eberbach, sondern in die Stadt, um noch mal Christian zu treffen. Am Gugenmusweg bremste er ab, stieg vom Rad und stellte sich an eine Hauswand. Er fummelte mit nassen, steifen Fingern sein Handy heraus und bestellte Christian in den Mc Donalds am Hauptbahnhof. Dann radelte er weiter.

Christian wartete schon. Er hatte sich einen Burger geholt und vertilgte gerade das erste Stück. Andreas war ziemlich außer Atem und tropfte den ganzen Tisch voll, als er sich setzte. Christian bedachte ihn mit einem verärgerten Blick. Andreas beobachtete beim Ruhigerwerden seines Atems das Kauen.

»Du hast sie also nicht gefragt. Schade. Das ist immer ein großer Schritt. Bekommst du Panik?«

Christian schaute noch grimmiger.

»Hast du mich bei diesem Wetter hierher bestellt, um mit mir meine Beziehung zu besprechen? Ich gebe dazu keinen Kommentar ab.« Er biss erneut in sein Fast-Food.

»Gab es am Selbstmord Thomas Wiedemanns Zweifel?«

»Nein.«

»Nein? Was heißt nein?«

»Nein heißt nein. Es gab einen Abschiedsbrief und ein Testament. Seine Handschrift. Alles war unauffällig und schlüssig.«

»Ein schlüssiger Selbstmord? Aha. Was stand im Abschiedsbrief? Wer hat was geerbt?«

»Sinngemäß: Ich kann mich im Leben nicht mehr zurechtfinden. Mein Leben ist schon lange zerstört, bitte verzeiht mir. Seinen Kindern hat er ein paar Habseligkeiten vererbt. Seiner Tochter ein Tagebuch, in dem er ständig beteuerte, wie sehr er seine Kinder liebt, und seinem Sohn eine Kiste voller Fotos, Briefe, Unterlagen. Nur Andenken mit ideellem Wert. Vermutlich ist das Zeug schon längst im Müll.«

»Im Müll? Die Kinder hatten ein gutes Verhältnis zu ihm.« Christian hielt inne. »Wie kommst du darauf? Sie haben ihren Vater kaum gekannt.«

Jetzt hatte Andreas doch die volle Aufmerksamkeit.

»Als ich versucht habe, mit Jan Wiedemann zu sprechen, half ein Kumpel gerade dabei, ein Auto mit Umzugskisten zu beladen. Der eine Karton ist dem Freund heruntergefallen und ein gerahmtes Bild fiel heraus. Auf dem war Familie Wiedemann vor der Tragödie zu sehen. Also, ich vermute, dass sie das waren. Angelika und Thomas Wiedemann mit einem kleinen Mädchen und einem Säugling. Er hätte wohl kaum ein Bild in seinem Kram, wenn das alles so unwichtig ist. Außerdem hat Angelika Fischer erzählt, dass ihre Kinder regelmäßig Kontakt zu ihrem leiblichen Vater gehalten haben. Jan Wiedemann ist übrigens gerade nach Mainz gezogen. Wusstest du davon?«

Christian leckte sich Sandwichcreme aus dem Mundwinkel. Er legte den Rest seines Burgers bedächtig auf das Verpackungspapier.

»Das sind einige neue Aspekte. Das mit dem Umzug ist natürlich nicht in Ordnung. Er muss sich melden, wenn er sich verändert. Glaubst du, Wiedemann wurde ermordet? Warum? Warum erst jetzt und nicht direkt bei seiner Haftentlassung? Die Angehörigen des kleinen Stefan, dem Sinsheimer Kind, sind mittlerweile ausgewandert. Also, der Vater zumindest. Die Ehe ist zerbrochen. Die Mutter konnte den Tod ihres Kindes nicht überwinden und der Vater lebt jetzt in Neuseeland. Vermutlich wurde er davon in Kenntnis gesetzt, dass der wahre Mörder seines kleinen Sohnes nicht Thomas Wiedemann, sondern ein Serienmörder war. Die Mutter. Sie lebt in Hamburg, glaube ich. Vermutlich hätte sie Schwierigkeiten gehabt, Thomas Wiedemann zu einem Selbstmord zu zwingen oder ihn gar selbst zu töten. Es gab keinen Hinweis auf Fremdverschulden. Und was würde uns das in der Klärung des Todes Stefanie Zimmermanns helfen? Glaubst du, es war dann derselbe Mörder?«

Andreas schwieg zuerst. Nach einer Weile, die Christian zum Verzehr seines Essens nutzte, fuhr er mit dem Gespräch fort.

»Stefanie und Thomas waren ein Liebespaar.«

»Was? Das ist nicht dein Ernst!«

»Ich komme gerade von Stefanies Schulfreundin. Sie lebt noch in Dossenheim. Die wusste von der Liaison. Wiedemann wollte aber bei seiner Frau bleiben. Er hat der kleinen Stefanie den Laufpass gegeben. Dann bezeugte seine Geliebte als Einzige, ihn mit dem verschwundenen Jungen gesehen zu haben und Wiedemann wanderte hinter Gitter. Vielleicht wollte sie sich nur an ihm rächen. So nach dem Motto: Wenn ich ihn nicht haben kann, dann soll ihn auch keine andere haben. Das würde wieder Angelika Fischer ins Spiel bringen. Aber die hat ein Alibi.«

»Wo ist der Haken?«

»Ich weiß es noch nicht. Irgendwas habe ich übersehen.«

Zwei Tage später stand Andreas vor dem evangelischen Gemeindehaus auf dem Leopoldsplatz in Eberbach und wartete. Es regnete wieder wie in einer großen Dusche. Sein Rad hatte er an der Hauswand fest angeschlossen. Seine Haare klebten an der Stirn und seine Jeans hatte von unter aufsteigend nasse Hosenbeine. Er wartete auf das Ende der Chorprobe. In den letzten Wochen hatte er einiges versucht, um herauszufinden, wo und wann in Eberbach und Umgebung Chöre probten. Erst waren Ferien, dann waren einige Termine wegen Krankheit oder Aufführungen ausgefallen.

Frierend und nervös trat er von einem auf das andere Bein. Er hatte fünf Zigaretten direkt hintereinander geraucht und jetzt einen ganz trockenen Hals.

Er versteinerte. Sein Herz raste noch mehr, als zuvor schon. Da war sie!

Mit einem Regenschirm kam sie aus dem Gebäude und unterhielt sich angeregt. Was für ein Gesicht! Sie war so schön.

Dann fiel ihr Blick auf den nassen Andreas. Ein unglaublich glückliches Lächeln glitt über ihr Gesicht. Sie war stehen geblieben. Schnell verabschiedete sie sich von der Gesangskameradin und kam auf ihn zu. Andreas fühlte einen dicken Strick um den Hals. Er war unendlich glücklich, konnte sich aber nicht rühren. Sein Kopf glich zunehmend einem Vakuum. Was für ein gigantisches Gefühl.

»Hallo.« Die Erde stand still. Ihre Stimme war noch genauso bezaubernd wie in der ersten Minute. Und erregend.

»Ich hatte gehofft, du würdest dich früher einmal melden. Manche Dinge brauchen vielleicht mehr Zeit. Aber jetzt bist du ja da.« Unglaublich. Dieser Klang.

Als wäre es das Natürlichste der Welt, beugte sie sich nach vorne und küsste ihn. Ihre zarten Lippen legten sich auf seine und ihre Zungenspitze strich innen an seiner Unterlippe entlang. Dann traf ihre Zungenspitze seine.

Andreas hatte das Gefühl, kurz alles Gleichgewicht zu verlieren. Es war nur ein kurzer Moment, aber er stand komplett neben sich. Da stand diese Frau, die er so sehr gesucht hatte, und küsste ihn. Orientierungslos löste er sich kurz, öffnete die Augen, blickte in ihre Augen und dann drückte er sie an seine Brust. Er nahm sie in seine Arme und hielt sie fest. Dieser zweite Kuss war deutlich länger und mutiger. Jegliches Zeitgefühl zerfloss. Als sie sich lösten, zitterte ihre Oberlippe. Und ihre Knie. Sie roch wundervoll. Und schmeckte noch besser. Beide waren etwas außer Atem.

»Komm«, sagte sie. Ihre Stimme klang jetzt rau. Sie zog ihn hinter sich die Friedrich-Ebert-Straße entlang. Bei einem Mini blieb sie stehen und fingerte einen Autoschlüssel aus ihrer Handtasche. Andreas wartete ungeduldig, dass sie endlich den Schlüssel in der Tasche entdeckte. Lachend ließen sich die beiden auf die Sitze fallen.

»Hier ist es wenigstens trocken. Ich habe mich so danach gesehnt«, sagte sie noch, bevor sie sich wieder seinem Mund zuwendete. Er dachte noch kurz, dass sein Glück unfassbar sei, bevor er in einen Strudel elektrisierender Vorgänge gezogen wurde.

Der nächste Tag war wie in goldenes Licht gepackt. Eingewickelt. Vielleicht als hätte er die ganze Nacht in einer sprudelnden Quelle aus Liebe gebadet. Sein Körper kribbelte und er hatte die Energie, Bäume auszureißen.

Fürs Erste reichte es, Kaffee zu kochen. Während er die Espressokanne mit Pulver vorbereitete, bekam er Lust auf frische Brötchen.

Er tapste ins Schlafzimmer. Keinesfalls wollte er sie jetzt schon aufwecken. Leise schlüpfte er in eine bequeme Hose, ein Paar Segelschuhe und einen Pullover und verließ ganz leise die Wohnung. Die kurze Strecke bis zur Hauptstraße lief er.

Völlig außer Puste und voller Vorfreude langte er an der Bäckerei an. Er packte Nussnugatcreme, Marmelade, Honig, kleine Schokoladenherzchen, Orangensaft und Butter auf die Theke. Dann bestellte er Schokocroissants, Vollkornbrötchen, Roggenbrötchen, ein Baguette und zwei Brezen. Nachdem er gezahlt hatte, schleppte er die Tüten zu seiner Wohnung.

In der Küche räumte er seine Beute und den heißen Espresso auf einen Regalboden, der noch immer ungenutzt in einer Ecke lehnte, da er kein Tablett besaß. Damit schlich er zu seinem Bett und stellte das Frühstück erst mal neben dem Bett auf dem Fußboden ab.

Da lag sie. Nur halb von seiner Decke bedeckt. Man konnte den Verlauf ihrer nackten Wirbelsäule verfolgen. Ihre Haare waren wie eine Krone um ihren Kopf verteilt. Er legte sich noch einmal zu ihr und schaute sie nur an. Betrachtete ihr Gesicht, ihren Hals, ihre wundervollen Brüste, das leichte und automatische Heben und Senken des Brustkorbs, lauschte den Atemgeräuschen. Ein fantastisches Gefühl erfüllte seinen Bauch. Glück. Er konnte den warmen Duft ihrer Haut wahrnehmen. Vorsichtig berührte er ihre Haare. Dann hielt er es nicht mehr aus, beugte sich zu ihr und küsste sie. Leicht und spielerisch. Bevor sich ihre Augen öffneten, lächelte sie unter seinen Lippen. Aus fünf Zentimeter Entfernung tastet ihr Blick liebevoll sein Gesicht ab. »Du bist ja schon richtig wach«, flüsterte sie. »Und angezogen. Schade. Ist das Frühstück, was hier duftet?« Zur Antwort küsste er sie erneut und beugte sich dann nach unten, um das Regal-Tablett auf der Bettdecke zu platzieren. Bevor er das beladene Brett heben konnte, packte sie ihn an der Hüfte und kippte ihn wieder aufs Bett. Die rechte Hand verirrte sich unter dem Pullover und der Zeigefinger orientierte sich als Erster und kreiste um seine Brustwarze. »Später Frühstück«, flüsterte sie.

»Und es spielt keine Rolle, ob das Grün schneller links oder oben geht.«

»Nein, das ist mehr donnerstags. Dienstags war 25 orange!«

»Stimmt! Na, dann würde ich mal sagen, wir können 25 orange mit kleinem Grün. Und dann vielleicht getupft. Ich mag Tupfen total gerne. Vor allem die Hüpftupfen. Das ist viel lustiger zum Zählen. Da! Da war wieder eins.«

»Oh ja, da sind noch mehr. Zwei, drei, vier, fünf, sieben …«

»Huch, jetzt haben wir eines verloren. Na, wo ist es denn? Die hüpfen so schnell. Da kann man kaum hinterher.«

Die Augen des kleinen Mädchens gingen von rechts nach links. Sie saß in einer Zahnarztpraxis und bekam gerade ein Milchzahnhaus neu verputzt. In der dritten Straße. Ihre Mama saß neben ihr und sah genauso verwirrt aus, wie sie sich fühlte.

In ihrem Kopf schwirrten bunte Tupfen und spielten mit den Wochentage fangen. Diese Zahnärztin war aber nett! Und die andere Frau, die auf der anderen Seite zum Helfen saß, auch.

Das war richtig lustig hier. Da sagte schon die Ärztin: »Fertig. Mensch, jetzt ging das aber schnell! Du darfst aber wieder kommen. Versprochen. Du bist ja so ein braves Mädchen. Das hast du toll gemacht. Kommst du mich wieder besuchen?« Sie lachte die Kleine an. Die nickte und stand widerstrebend auf. Die Mutter strahlte glücklich und ging mit ihr zum Empfang der Praxis vor.

»Hat super geklappt.« Die zahnmedizinische Assistenz begann das Zimmer zu putzen.

»Ja, das war eine schöne Behandlung.« Jessica Wiedemann desinfizierte sich die Hände. »Ich werde mich dann mal verdrücken. Mein Bruder kommt zu Besuch und ich muss noch einkaufen. Ich koche für uns. Tschüss!«

Damit ging sie zur Umkleide und schlüpfte in den Rollkragenpullover und die Jeans, die sie auf ihrem Stuhl liegen hatte. Dann verließ sie die Zahnarztpraxis und eilte zu ihrem Auto, einem alten Fiesta. Das Auto war ihr von innen schon wieder viel zu schmutzig und sie nahm sich vor, den Wagen zu reinigen. Das machte sie regelmäßig. Das letzte Mal als ihr Bruder den Wagen geliehen hatte, hatte er ausnahmsweise auch einmal gründlich alles ausgesaugt. Aber das war schon wieder Wochen her. Er lieh sich den kleinen Flitzer ab und zu mal aus. Aber jetzt wohnte er in Mainz.

»Ich komme zu nichts«, dachte sie und fädelte sich in den Heidelberger Feierabendverkehr ein.

Der Riss in der Kinderhose war nicht zu übersehen. Stefanie Hummel sammelte seufzend die anderen Kleinteile ein, die ihr Jüngster in der Sportumkleide verteilt hatte. »Bitte halte deine Sachen besser zusammen. Ständig müssen wir etwas nachkaufen.«

Sie sammelte schon schwungvoll Einzelteile ein. »Bitte hilf mir mal, deinen Kram zusammen zu suchen und erklär' mir dabei, wie der Riss in die gute Hose gekommen ist.«

Ihr Sohnemann saugte an einer Trinkflasche und bewegte halbherzig seine andere Hand, als wenn er helfen wolle. Seine Mutter seufzte. Sie musste jetzt noch die anderen drei Kinder auflesen, nach Hause brausen und ein Abendessen zaubern. Dann sollten noch die Schulaufgaben der beiden Großen durchgesehen werden und der junge Mann mit der zerrissenen Hose musste dann schon ins Bett. Vier Kinder verlangten eine gute Organisation.

»Also? Was war mit der Hose?«

Ihr Sohn sah sie aus großen Augen ernst an, stellte die Flasche weg, lachte und lief schnell aus der Umkleide zum Auto voraus. Zwecklos. Warum fragte sie das eigentlich überhaupt ...

Eine Stunde später saßen alle Kinder vor dem Fernseher und sie deckte den Tisch, während im Ofen vier große Tiefkühlpizzen vor sich hin bräunten.

Ihr Mann Peter kam nach Hause und beschwerte sich prompt: »Es ist nicht zu fassen. Du hast den ganzen Tag nichts anderes zu tun, als die Kinder ein wenig hin- und herzufahren und Essen zu kochen. Da kann man doch erwarten, dass es nicht zweimal die Woche Pizza gibt!«

Übellaunig schnappte er sich die Tageszeitung und trollte sich in sein Arbeitszimmer. In den letzten Tagen war er nervöser, als sonst. Dieser Typ hatte ihn verärgert. Dieser Psychologe. Was hatte der eigentlich in den Mordermittlungen zu tun? Zum Glück hatte der nicht weiter gebohrt. Wenn seine Affäre mit Stefanie Zimmermann vor zwei Jahren ans Licht käme, wäre seine Ehe futsch und er vielleicht noch verdächtig. Er wollte unter keinen Umständen durchschaut werden. Sein Leben war genau so richtig und angenehm, wie es war. Tagsüber die Bewunderung der Damenwelt und abends Familienidylle. So sollte es auch bleiben.

Der Elfenmarsch aus Mendelsohns Sommernachtstraum erfüllte die Luft des Herrensalons. Dr. Christoph Zimmermann hatte es sich mit einem Glas ausgezeichneten Weinbrands in einem der tiefen, alten Sessel bequem gemacht.

Sein Tag war eher schlecht gelaufen. Seit einigen Wochen fühlte er sich von den Patienten genervt. Insgesamt mochte er seinen Beruf aber manchmal zerrieben ihn die äußeren Umstände furchtbar. Im Herbst wurde das Budget der Krankenkassen knapper und er fühlte sich auch etwas ausgelaugt.

Von draußen waren leise Schritte zu hören. Seine Frau Saskia begab sich ins obere Stockwerk. Sie zog sich in ihre Räume zurück. Mit der Begründung, er würde zu laut schnarchen hatte sie sich zwei eigene Schlafräume eingerichtet. Abends zog sie sich dann oft früh dahin zurück, um fern zu sehen. »Wenn sie wenigstens mal ein Buch lesen würde«, dachte er grimmig.

Er nahm einen großen Schluck. Seit sein Sohn auf der Welt war, hatte er zunehmend das Gefühl, sie hätten gar nichts mehr miteinander zu tun. Er hatte mit Saskia nichts gemeinsam. Keine Interessen, keine Hobbys, keine Bekannten. Doch, ein Kind. Zumindest nahm er an, dass es sich um sein Kind handelte. Seit einigen Jahren ging es mit ihm bergab. Es hätte nie passieren dürfen, dass Stefanie ihn verließ. Sie waren das perfekte Paar. Sie hatten sich über Literatur, Geschichte, Kunst und Politik unterhalten. Stefanie war unglaublich belesen. In ihrer Freizeit machte sie Sport oder las. Oder schützte Bäume. Oder malte. Es gab so viele Dinge, die sie gerne machte.

Nach einem weiteren Schluck war sein Cognac-Schwenker leer. Er erhob sich, um nachzuschenken. Ihm war leicht schwindelig. Schwer atmend nahm er den Verschluss von der Flasche. Er schenkte sich großzügig nach. Vielleicht half das gegen diesen Druck in seinem Kopf. Diesen dumpfen, destruktiven Druck. Wie konnte man sich so leer und gleichzeitig unter Druck fühlen?

Stefanie. Na, das Kapitel seines Lebens war nun endgültig beendet. Er setzte sich wieder.

Er hatte es nicht geschafft, einen Moment der Nähe zu ihr zu erleben. Er hatte Stefanie geschätzt. Sie gehörten zusammen; das hatte er immer gespürt. Es war aber nie diese alles verschlingende, rasende, unersättliche Liebe gewesen. Eher Respekt und Zuneigung. Vor allem hatte er immer insgeheim gewusst, dass er auch nie ihre große Liebe werden würde.

An Saskia hatte ihn eigentlich nur ihre jugendliche Wildheit gereizt. Und natürlich die Schönheit. Seine jetzige Frau war wirklich richtig und im klassischen Sinn schön. Wunderschön. Nur leider hatte er wenig davon. Mit der Eheschließung war alles Zwischenmenschliche für sie beide geschlossen. Sehr witzig. Geschlossene Ehe; für die Ehe ab Schließung geschlossen. Er merkte, dass er betrunken war. Aber das spielte keine Rolle. Das spielte alles keine Rolle mehr.

Ferdinand Ortmann stand am Grab seiner Tochter. Er kam oft hierher. Hier war es so friedlich. Er hatte seit einigen Wochen keine Vorstellung mehr, wie es weiter gehen sollte.

Vor Stefanies Tod war alles einfacher. Er hatte fest eingeplant gehabt, mit seiner Frau zu sprechen. Sie waren seit vielen Jahren nur noch anstandshalber verheiratet. Im Grunde genommen war es für beide das Beste. Er wollte im Ruhestand das Leben noch ein klein wenig genießen. In dem Alter trennt man sich nicht mehr. Oder doch. Zumindest gab es die Option. Aber jetzt? Stefanie hatte ihnen so viel abgenommen. Man wusste, sie war immer für ihre Eltern da. Und nun so ganz auf sich allein gestellt? Welchen Sinn hatte das Leben, wenn die Kinder vor den Eltern sterben? Er hatte die Menschen mit Schwermut nie so recht verstanden. War immer überrascht gewesen, dass man sich so hängen lassen kann. Jetzt wollte er sich einfach auf diesen Kiesweg legen und nichts tun. Nur so nichts. Gar nichts. Ausruhen. Seine Ruhe haben. Er schüttelte den Kopf, um die Gedanken los zu werden. Noch einmal nickte er dem Grab zu und wendete sich langsam zum Gehen. In den letzten vier Monaten war er um Jahre gealtert.

Das Café Rossi war gut besucht und strahlte wie schon eh und je seit seiner Eröffnung diese Aura der intellektuellen Mondänität aus.

Es war so ein lieblicher Nachmittag, dass man es sich gut mit den angebotenen Decken auf der Terrasse bequem machen konnte. Andreas saß neben Christian mit einem duftenden Cappuccino in der letzten Herbstsonne; Andreas rauchte zur besseren Denkfähigkeit eine Zigarette.

»Was war eigentlich mit dem grafologischen Gutachten? Gab es gar keinen Hinweis?«

»Woher weißt du, dass es ein grafologisches Gutachten gibt?«, fragte Christian. Andreas grinste belustigt. Er überging die Frage einfach. Christian gab Andreas' auch ohne Kommentar Auskunft: »Bei dem Gutachten kam wenig heraus. Es wurde ein Kugelschreiber benutzt; der Schreiber hat seine Blockschrift absichtlich verfremdet. Er hat mäßig aufgedrückt und hatte manuelles Geschick. Zumindest ein wenig. Die Striche waren relativ gerade und zügig gezogen. Er hat keine verwertbaren Spuren hinterlassen. Das war es.«

»Hm.« Andreas inhalierte.

»Ich habe mir mal ein paar Gedanken zum möglichen Tatprofil gemacht: Die Art und Weise des Todes könnte ein Hinweis darauf sein, dass der Mörder sie zwar töten wollte, aber nicht quälen. Er hat sie betäubt und dann irgendwie erstickt. Vielleicht mit einem Kissen oder einem anderen weichen Gegenstand. Es waren keine Würgemale zu finden. Er hat ihr also beim Tod vermutlich nicht ins Gesicht gesehen. Aber später hat ihn ihr Gesicht so wütend werden lassen, dass er es grob entstellt hat. Mit dieser Naht. Dieser dicken Seidennaht. Da er die Augen völlig verschont hat, waren sie vielleicht geschlossen.

Er brauchte also nicht das Gefühl, dass sie ihn ansieht, wenn er mit ihr redet oder abrechnet oder was auch immer er da getan hat. Sonst hätte er die Augen womöglich geöffnet. Es scheint auch egal zu sein, ob sie wusste, wer sie tötet. Sonst hätte er sie bei vollem Bewusstsein umgebracht. Es weist aber alles darauf hin, dass sie beim Todeszeitpunkt bewusstlos war. Vielleicht ein Hinweis auf eine indirekte Tat. Stellvertretend. Oder aber auch sie hat den Täter bemerkt, bevor sie betäubt wurde. Eher unwahrscheinlich. Das Midazolam war vermutlich in ihrer Trinkflasche und sie hat nach dem Sport daraus getrunken. Da wir aber die Flasche nicht haben, sind das auch alles nur Spekulationen. Möglicherweise ist unser Mörder im Alltag eher ein sanfter Charakter. Jemand, der wenig nach Macht hungert und diese in den entscheidenden Augenblicken auch nicht ausnutzt. Oder er kann Macht nicht ausüben. Ein unterdrückter Mensch womöglich. Ein moralischer Mensch? Vielleicht ist das Motiv auch etwas, was schon lange in der ganzen Breite gesetzt war. So, dass die Art und Weise eine kleinere Rolle als das Resultat spielt. Sühne, ausgleichende Gerechtigkeit oder ähnlicher Unfug. Dagegen spricht der grob behandelte Mund. Er hat sie nicht fein säuberlich und pingelig, sondern grob mit großen Stichen zugenäht. Ich würde Wut in diesem Moment vermuten. Also gab es auch ganz akut Emotionen. Wenn ich in das Tatortfoto eintauche, fühlt sich das Arrangement bitter, trotzig aber auch ein wenig voller Genugtuung an. Als wenn man eine Überschrift drübersetzen könnte: ›So, jetzt hast du die Quittung!‹«

Christian hatte interessiert geschwiegen. »Da sind einige Elemente, die mir einen neuen Blickwinkel eröffnen. Denkst du, der Täter ist ein Mann oder eine Frau?«

»Das ist eine sehr vielschichtige Frage. Es gibt für beide Geschlechter Hinweise. Vielleicht eine maskuline Frau? Oder ein femininer Mann? Es fällt mir schwer, diese Schubladen zu bedienen. Grundsätzlich denke ich, dass das einige Zeit vor sich hingären musste, damit ein Mord dabei herauskam. Der Täter erscheint mir intelligent. Er hat keine Spuren im herkömmlichen Sinn hinterlassen. Und er ist eitel. Sonst hätte er den Zettel nicht mit der Hand geschrieben. Wahrscheinlich fühlt er sich sehr sicher. Er denkt, er hätte an alles gedacht. Aber es ist unmöglich, an alles zu denken. Schon das wäre wieder ein Hinweis. Also etwas, an das man nicht gedacht hat.« Andreas grinste.

Er streckte sich etwas und erhob sich, um zu zahlen. »Lass' nur: Die Rechnung geht wieder auf mich.« Christian zückte seinen Geldbeutel.

Andreas war schon im Gehen begriffen, da drehte er sich nochmals zu Christian um.

»Sie hat ein ausgesprochen teures, französisches Parfum. Man kann es nur in Frankreich kaufen. In Deutschland wird es nicht vertrieben. Sie trägt die Fingernägel perfekt maniküirt und länger. Und sie hat einen guten Geschmack. Außerdem hat sie Stil und Klasse. Darum dachte ich, sie ist Sekretärin«, griff Andreas das Gespräch auf, das sie vor Wochen geführt hatten. »Das Parfum kann ich riechen, die Haarfarbe habe ich an den zwei Haaren die an deinem Hemd hingen erkennen können und ihren Geschmack vermute ich als Grund für deine Neuerwerbungen in Sachen Klamotten. Jedes Mal, wenn ich dich sehe, hast du brandneue Kleider an.

Du blickst eher kurvigen Frauen nach, darum wird sie nicht sehr dürr sein. Den »hohen Anspruch« folgere ich auch aus der teuren Ringschachtel. So einen Ring kauft man, um eine anspruchsvolle und exklusive Frau zu beeindrucken.«

»Du hast das ja schon gesagt, bevor ich den Ring überhaupt gekauft hatte!« »Aber du hattest es schon vor, ihn zu kaufen. In bar. Das Geld befand sich schon damals in deinem Geldbeutel. Und du hättest dein Gesicht sehen sollen, bei der Berührung mit diesem Geld.« Damit ging er in Richtung Hauptbahnhof davon und ließ den verwirrten Christian zurück.

Nadine. Endlich hatte dieses Gesicht auch einen Namen. Einen Namen, den er denken konnte; oder laut rufen konnte. So, dass sich fremde Menschen nach ihm umdrehen. Oder flüstern; zärtlich und liebevoll. Oder stöhnen … Also, es war auf alle Fälle schön, jetzt einen Namen zu haben. Nadine hatte ihm verraten, dass er den Namen auch gar nicht vergessen hatte. Sie hatte ihn einfach bis zu ihrem Zusammentreffen auf dem Leopoldsplatz verschwiegen. Aber jetzt. Jetzt drehte er den Namen, spielte damit, legte in Gedanken Steinbilder mit ihrem Namen, summte ihn, überlegte sich, wie Nadine schmecken könnte. Und benahm sich wie ein Teenager.

Im Zug machte es ihm Spaß ihren Namen unterschiedlich betont zu denken. Oder wie er ihn in Wellen aussprechen könnte. Leise beginnend und laut endend. Oder umgekehrt. Oder wie eine Ballwurfmaschine: regelmäßig weit weg ploppend. Wie geblasene Rauchkringel: in der Luft sanft auflösend und weg schwebend oder krümelige Knäckebrotscheiben. Knisternd.

Kurz: Er war total wirr verliebt. So orange-rot. Mit einem Stich ins Bläuliche gehend. Aber eben vielleicht nur so ein wenig. Mehr blaugrün. Und auch etwas rötlichem Gelb. So wie das eben ist.

Nachdem vorerst alle denkbaren Varianten der Intonation des Namens Nadine in seinem Kopf zusammen tanzten, erreichte der Zug den rosagelben Bahnhof in Eberbach und er schüttelte erst einmal den Kopf und seine Beine, um nicht zu einem Verkehrsrisiko zu werden.

Der kurze, schnelle Fußmarsch zum Kornmarkt zurück hatte ihm gut getan. Seit er sie wieder getroffen hatte, fühlte er sich wie ein Pferd mit Hafermast. Vielleicht konnte auch eine kühle Dusche helfen. Sie hatte jetzt fünf Tage keine Zeit für ihn, da sie beruflich auf eine Weiterbildung weg musste. Er war kurz davor gewesen, ihr nach Köln hinterher zu reisen. Ganz schlimm. Er wurde fast verrückt.

Die Stimme des Händlers wurde allmählich misstrauisch. Schon zum dritten Mal kam der junge Mann und drückte sich bei den Digitalpianos herum. Er ließ sich ausführlich alles zeigen und erklären. So langsam verließ den Ladeninhaber der Glaube an die Liquidität des Kunden. Das gebrauchte Yamaha Grand Touch GT 2, das er in Kommission verkaufte, war ein feines Instrument zum täglichen Üben, dass auch in überschaubaren Räumen unterkam. So ein Digitalpiano mit Flügelmechanik war für Berufsmusiker und Studenten eine gute Option für Reisen oder als Zweitinstrument. Oder wenn das große Geld noch nicht da war. Dieser junge Herr sah so aus, als ob das große Geld noch auf sich warten lässt.

Jan Wiedemann war sich noch nicht darüber im Klaren, wie er seinem Stiefvater verklickern wollte, dass er Geld für ein Klavier oder besser einen Flügel brauchte. Er musste jetzt regelmäßig üben. In den letzten drei Jahren hatte er den Flügel seiner Mutter schmerzlich vermisst. Aber er wollte nicht zum Üben in *sein* Haus. Er war omnipräsent in diesem Haus. Seine Mutter hatte zwar versucht, durch ihren ausgezeichneten Blick für Form und Stil das Haus auch mit zu prägen, aber dieser Mann machte jedes Haus zu einem Ort der Trauer und Wut. Seine bloße Nähe verursachte dicke Luft. Aber das Geld brauchte er. Das Instrument, mit dem er liebäugelte, kostete so viel wie ein gebrauchter Kleinwagen. Zärtlich strichen seine Finger über den schwarzen Lack. Das Yamaha war genau das Richtige. Mit einem verbindlichen Nicken erklärte er dem Ladenbesitzer, dass er sich melden werde, und schlug den Weg zur Musikhochschule ein. Es warteten noch einige Stunden mit Chopin, Josef Pischna, Etüden von Czerny, Alfred Cortot und natürlich Hanon auf ihn. Er hatte sich zum Üben ein Instrument reservieren können.

Ein heftiger Wind pustete und trieb immer wieder Blätter und einzelne Regentropfen durch die Luft. Er mochte dieses Wetter sehr gerne. Es hatte so eine leidenschaftliche Energie.

Jan Wiedemann hatte dann das Gefühl, es könne alles ausblasen. Die alten Geschichten, die Vergangenheit, die Erinnerungen. Er begann jetzt ein neues Leben. Weg von Heidelberg, weg von Nußloch und der Tierarztpraxis seines Stiefvaters.

Dieser Abschnitt seines Lebens war unwiderruflich vergangen. Der Wechsel seiner Berufspläne war daraus nur die letzte Konsequenz. Er brachte kein Recht mehr. Jetzt brauchte er kein Jurastudium mehr. Jetzt nicht mehr. Grimmig dachte er an die damit verschwendete Zeit. Der Himmel schien zu fühlen, dass die Zeiten auf Gewitter standen, und verdunkelte sich noch weiter. Bald würde es losbrechen.

Stefanie Hummel öffnete das Fenster, um den Brandgeruch nach draußen zu lassen. Sie hatte die letzten Spuren einfach verbrannt. Er konnte sie ja schlecht danach fragen. Bitter lachte sie auf. Es war auch zu albern von ihm, den Brief in diesen lächerlichen Musikführer zu stecken und ihn dort für sicher zu halten. Gut, sie hatte die Hinweise auf seine Affäre nur durch Zufall entdeckt, aber sie war ja nicht total dumm. Natürlich hatte sie längst gefühlt, dass sie nicht die Einzige war.

Ein wenig Liebe von ihm war besser als nichts. Es tat weh, ihn teilen zu müssen. Trotzdem hätte sie ihn nie verlassen. Sie liebte ihn. Er war der Vater ihrer Kinder und ein guter Mann. Seit Monaten wartete sie auf eine Gelegenheit, den letzten Rest der Wohnung zu filzen und auch die letzten Erinnerungen an andere Frauen zu vernichten. Es gab ziemlich viele Bücher und Ecken, in denen man Dinge verstecken konnte. Aber jetzt war alles sauber.

Diese Stefanie Zimmermann war ihr wirklich zur Gefahr geworden. Der Brief war gespickt mit schlüpfrigen Details gewesen. So ein Schmutz! So eine Hure. Aber jetzt verrauchten die Reste dieser Affäre in der Luft und der Wind trug die frische Asche weg.

Sie wollten gerade vom Hof fahren, als Jan Wiedemann um die Ecke bog und die beiden sah. Michael Fischer öffnete das Autofenster und begrüßte ihn höhnisch: »Na, der werte Herr Sohn lässt sich auch einmal blicken?« Da brüllte sein Stiefsohn voller Aggressivität: »Was machst du da? Du Arsch! Steig aus und sag mir, was du da machst!«

Das junge Mädchen vom Beifahrersitz stieg völlig verunsichert aus. Jan Wiedemann beachtet sie gar nicht. Er fuhr damit fort, Michael Fischer anzuschreien. »Du bist so ein Schwein! Und das wird sich nie ändern. Du wirst dich nie ändern. Steig aus und stell dich!«

»Ich gehe doch lieber zu Fuß nach Hause, Herr Dr. Fischer. Das ist völlig in Ordnung für mich. Sie müssen mich jetzt nicht fahren …« Die junge Frau beeilte sich, schnell von den beiden Männern wegzukommen.

Michael Fischer fragte rot vor Wut und mit zusammengebissenen Zähnen: »Hast du jetzt endgültig den Verstand verloren? Ich wollte nur meine neue Praktikantin nach Hause fahren. Du machst mich zum Gespött der Leute. Mir scheint, jetzt nimmt der ehrenwerte Herr noch Drogen?«

»Du Schwein, du weißt genau, wovon ich spreche! Was macht das Mädel allein mit dir im Auto, hä?«

»Halt deinen dummen Mund und geh zu deiner Mutter ins Haus. Sie wird sich so freuen, dass du dich endlich meldest. Wenn sie nicht wäre, hätte ich schon längst dafür gesorgt, dass Ruhe ist.«

Jan Wiedemann war kurz davor, Michael Fischer aus dem Wagen zu reißen, atmete einige tiefe Atemzüge und wendete sich zum Haus.

Nadine summte leise. Sie konnte kaum aus den Augen sehen, da es noch früh war, aber es summte alles in ihr. Mit nackten Füßen tappte sie in die Küche und begann Kaffee zu kochen. In einer Stunde musste sie zur Arbeit. Glücklicherweise hatte Andreas seine Wohnung in einen erträglichen Zustand versetzt. Jetzt war eine Übernachtung auch akzeptabel. Trotzdem war das sein Revier. Eine Männerwohnung. Sie lächelte. Allein schon die Ivar-Regale und die Kunststoffboxen. Sehr zweckmäßig.

In den letzten Wochen waren sie ein richtiges Duo geworden. Sie war heftig verliebt. Den halben Tag dachte sie an Andreas. Andreas Bilder in ihrem Kopf wie er schlief, wie rauchte, wie er lächelte, wie er verlegen war und wie seine Augen aussahen, wenn er sie sah. Dann hatte sie sofort dieses Gefühl von Wärme und Energie, von Freude und Liebe in ihrem Bauch. Meistens aber hatte sie seine Stimme in Gedanken um sich.

Mit einer vollen Tasse dampfenden Kaffees rollte sie sich auf dem neuen Sessel ein. Sie hatte eine von Andreas' Sweatshirt-Jacken angezogen und um ihre nackten Beine gewickelt. Dieser Sessel war ihr Lieblingsplatz. Man konnte auf ihm wunderbar lesen, träumen und Andreas beobachten. Mittlerweile roch er nach ihm. Seufzend streckte sie sich. Wohl oder übel musste sie jetzt in die Dusche. Aber nicht, ohne ihn zu küssen. Sie stellte die Tasse ab und schlich ins Schlafzimmer, was albern war. Er würde aufwachen, wenn sie ihn berührte. Sie setzte sich auf das Bett und rutschte nah an ihn heran, sodass sie beim Herunterbeugen seinen Atem fühlen konnte. Sie suchte die Stelle am Hals unterhalb seines linken Ohres und küsste ihn zärtlich dorthin. Die Wärme seiner Haut floss über ihre Lippen.

Andreas Arme legten sich wie selbstverständlich um Nadines Schultern und zogen sie näher zu ihm. Im Halbschlaf fanden seine Lippen ihren wunderbar weichen Mund. Von diesen unglaublichen Lippen konnte er nicht genug bekommen. Wellen von Glücksgefühlen durchrieselten ihn, wenn er sie küsste. Diese Frau machte einfach süchtig. Beide rollten lachend über die Matratze.

Am Abend zuvor hatte sie seine Hände massiert. Völlig überrascht hatte er ihr nacheinander seine Arme und Handflächen hingehalten und die liebevolle Prozedur genossen. Niemand hatte sich zuvor so ausgiebig und sanft mit seinen Händen beschäftigt. Diese Zuneigung, Liebe und Dankbarkeit umhüllte ihn noch.

Der Klingelton des Telefons nervte. Sie wollte es eigentlich ignorieren. Leider war ihr Au-pair mit dem Kleinen unterwegs. Sie hatte geplant, in aller Ruhe in die Sonnenbank zu gehen. Das UV-Licht war gut für die Psyche. Sie wollte auch im Herbst wunderschön und gesund aussehen.

Sie war gerade dabei, ihre Haare zum Sonnen hochzustecken, als der Anruf kam.

Knurrend riss sie das Telefon von der Ladestation: »Ja!«, raunzte sie hinein.

Eine eloquente Stimme fragte: »Frau Zimmermann?«

»Ja.«

Die Stimme erhob sich erfreut. »Frau Stefanie Zimmermann?«

Saskia schwoll der Hals zu. Sie holte entsetzt Luft und fauchte: »Nein! Hier spricht *Saskia* Zimmermann!«

Die Stimme schwieg einen Moment, um dann einen neuen Versuch zu wagen. »Oh, entschuldigen Sie bitte. Könnte ich bitte mit Ihrer Mutter sprechen?« Der Anrufer säuselte siegessicher.

»Die ist tot.« Sie hatte schon wieder einen Gang heruntergeschalten.

»Das tut mir sehr leid. Darf ich Ihnen mein herzliches Beileid aussprechen …«

Unglaublich, in welche Fettwannen manche Menschen sprangen.

»Was wollen Sie eigentlich?« Saskia war jetzt nur noch ungeduldig.

»Ja, Frau Zimmermann, heute habe ich die große Ehre, Ihnen ein wundervolles Angebot zu unterbreiten: Dank der hervorragenden Produkteigenschaften unserer Instant-Gemüsebrühe ist die Firma Plotz heute in der schönen Lage, Ihnen die Premiumedition unserer Metallgeschenkdose zum fabelhaften Treuekundenpreis von ...«

»Sagen Sie mal: Sind Sie wahnsinnig?« Das wurde ja immer besser.

»Ihre Frau Mutter war früher eine unserer besten ...« Saskia Zimmermann legte auf.

Diese Frau verfolgte sie. Lebend war sie immer ein heißes Eisen gewesen, das sich in ihre Seele bohrte. Aber selbst tot terrorisierte diese Person sie noch. Egal, wo sie auftauchte, die Schatten von Stefanie folgten ihr. Alte Bekannte ihres Mannes, die auf Cocktailpartys nach ihr fragten, die Nachbarn, die ständig von ihr redeten, *ihr Mann*, der ständig von den Gemeinsamkeiten schwärmte. Sie hatte es so satt! Toter als tot kann man doch gar nicht sein! Sie hatte keine Idee, wie man Stefanie wirklich endgültig; ganz für immer zum Schweigen bringen konnte. So, dass sie weg war. Weg aus ihrem Leben, weg aus ihrer Familie und weg aus dem ganzen Dunstkreis.

»Andreas, hier ist Christian.«

Oh, nicht mehr Dresel?

»Wir haben einen neuen Aspekt und der macht die Lage sicher nicht leichter: Alle Alibis sind hinfällig. Oder wir fangen fast bei Null an.«

Was war denn jetzt passiert?

»Also, nachdem wir einfach nicht weitergekommen sind, wurde von entnommenen Proben erneut eine Analyse gemacht. Die Zellstruktur der Organellen in der Probe von Stefanie Zimmermann deutet darauf hin, dass sie sehr langsam erstickt ist. Wir konnten bisher nicht das Maß der Atemdepression wegen des Midazolams einschätzen. Wir sind von einer Plastiktüte oder einer schnellen Luftnot ausgegangen. Viel wahrscheinlicher ist aber ein mittelgroßer Raum oder ein

Zimmer und ein Ersticken über viele Stunden. Das bedeutet, der Todeszeitpunkt sagt wenig über den Täter.«

»Ich habe zwar nur die Hälfte verstanden, aber ich entnehme, dass ihr ein viel größeres Zeitfenster habt. Also faktisch den ganzen Freitag und noch einen Teil des Samstags, ja?«

»Genau.«

In Andreas Kopf klickte etwas. Aber er konnte es nicht festhalten. Mit gerunzelten Augenbrauen steckte er sich eine Zigarette an.

»Wie groß ist der Raum geschätzt, in dem sie erstickt ist?«

»Immer noch schwer zu sagen – vielleicht so drei Meter auf drei Meter. Durch das Beruhigungsmittel war der Stoffwechsel auch zusätzlich verlangsamt. Wenn sie relativ kühl lag. Aber was für ein Raum ist luftdicht? Vielleicht hat der Täter den Raum auch irgendwie abgedichtet.«

Andreas inhalierte in Gedanken versunken und bedankt sich für den Anruf. Dann zog er sich feste Schuhe an und machte sich auf den Weg zum Neckar – seinem guten Freund.

Stefanie Hummel stellte den vollen Wäschekorb schnell im Flur auf den Boden. Die ganze Wohnung roch nach Weichspüler. Sie drückte auf den Türöffner.

»Ja, bitte?«

Andreas lächelte sie gewinnend an, nachdem sie die Tür geöffnet hatte.

»Guten Tag. Frau Hummel, ich unterstütze die Ermittlungen im Fall Stefanie Zimmermann, einer Kollegin Ihres Mannes.«

Ihr linkes Auge zuckte. Sie richtete sich ein wenig auf und sah ihm fest in die Augen.

»Mein Mann ist nicht zu Hause und ich kannte diese Frau nicht.« Ihre Stimme klang fest und selbstbewusst. Andreas war sofort klar, dass sie von der Affäre wusste. Hatte sie ihn überwacht?

»Offensichtlich hat aber Ihr Mann mit Ihnen über sie gesprochen.«

Sie machte ihren Oberkörper noch mehr zu. »Nein, ich habe aus der Zeitung erfahren, dass sie tot ist.«

»Ihr Mann hat Ihnen nicht erzählt, dass eine seiner Kolleginnen ermordet wurde? In der Zeitung stand also, dass die beiden zusammengearbeitet haben. Was genau?«

Auf Stefanie Hummels Stirn bildete sich Feuchtigkeit. »Dass eine Frau ermordet vor dem Rose-Ausländer-Gymnasium in Heidelberg gefunden wurde.« Sie blieb sehr unbewegt, aber ihre linke Hand wanderte vor ihre Brust und spielte ganz gelangweilt mit den kleinen Knöpfen ihres Poloshirts.

»Frau Hummel, haben Sie eigentlich einen Beruf gelernt?«

Die Stirn glänzte und auch ihre Handgelenke wurden jetzt feucht. »Ich habe Verwaltungsassistentin gelernt. Aber mit den Kindern ist es unmöglich, zu arbeiten.«

Andreas bedankte sich und ging. Als die Tür wieder ins Schloss gefallen war, kippte Stefanie Hummel von innen gegen die Tür. Sie konnte den Puls laut in ihrem Ohr fließen hören. Ihr Kopf pochte. Sie hatte schreckliche Angst, dass dieser seltsame Ermittler etwas gemerkt haben könnte. Der Gedanke war unsinnig. Aber dieser Mann sah einen so merkwürdig an. Man hatte das Gefühl, er könne spielend Gedanken lesen. Und er wirkte dabei so beiläufig! Es fühlte sich ganz gruselig an. Kein Mensch kann Gedanken lesen und er auch nicht. Aber seltsam war er trotzdem. Sehr sogar.

Er hatte die ganze Zeit einen Gedanken im Kopf. Ein Versuch wäre es wert. Er suchte eine Zugverbindung nach Mainz im Internet heraus und druckte sich das Ticket. Dann radelte er zum Bahnhof Eberbach, stellte sein Fahrrad an einem Ständer ab und schloss es sorgfältig an.

Er setzte sich in einen Zug Richtung Mainz. In Mannheim musste er umsteigen.

Die neue Adresse hatte er sich von Christian geholt. Christian hatte sich mit Jan Wiedemann in Verbindung gesetzt und ihn ermahnt, Veränderungen an die Polizei weiterzugeben, solange das Mordverfahren noch anhängig war.

Der Mainzer Stadtverkehr hielt ihn auf und er spürte eine leichte Unruhe in sich aufsteigen. Einen Teil des Weges war er mit öffentlichen Verkehrsmitteln gefahren, aber dann hatte er sich ein Taxi angehalten und ließ sich zu dem Mehrparteienhaus bringen.

Als er die WG erreicht hatte, atmete er kurz dankbar durch. Er klingelte. Ein junger Mann öffnete und blickte ihm ungeduldig entgegen.

»Ich würde gerne Jan Wiedemann besuchen.«

Der junge Kerl schob seine Brille weiter nach oben und wischte an seiner Nase herum. »Jan ist nicht da. Aber meistens kommt er so um die Zeit. Wenn Sie wollen, setzen Sie sich in sein Zimmer oder in die Küche.«

Andreas traute seinen Ohren nicht. »Klar, dann muss ich etwas warten. Aber wenn er eh gleich kommt …«

Die beiden gingen den WG-Flur entlang und der junge Mann deutete achtlos auf dem Weg nach links. »Das ist seine Bude. Ich muss weiterlernen. Machen Sie es sich bequem.« Damit war er auch schon hinter einer anderen Tür verschwunden.

Das Zimmer war weiß getüncht, mit einem Bett aus Massivholz, einem Esstisch als Schreibtisch und einem soliden Stuhl. Es hingen keine Bilder an den Wänden und der ganze Raum wirkte ziemlich unaufgeräumt. Auf dem Fußboden lag benutzte Wäsche und es gab eine ganze Batterie leerer Getränkeflaschen. Auch lagen einiger Verpackungen von verschiedenen Fast-Food-Ketten herum. In einer Ecke standen noch die Umzugskisten, die Andreas bereits von der ersten Begegnung kannte. Man hörte den Straßenverkehr ziemlich laut durch das schlecht isolierte Fenster. Die Luft war stickig und muffig. Es roch nach benutzter Wäsche und Schweißfüßen.

Auf dem Esstisch stand ein Laptop. Daneben lag eine ausgedruckte Fotografie, die die beiden Geschwister zeigte. Dem Haarschnitt und dem restlichen Aussehen der beiden nach zu urteilen, war die Aufnahme ziemlich aktuell. Irgendetwas war mit dem Foto!

Die Wohnungstür wurde geöffnet. Andreas öffnete die Zimmertür weit und stellte sich möglichst freundlich und harmlos mitten ins Zimmer und wartete.

Jan Wiedemann warf einen stark zerfetzten Rucksack neben die Eingangstür und ging in die Küche. Mit einem Joghurt, in dem ein Löffel steckte, kam er zurück und erstarrte, als er Andreas erblickte.

Der Augenblick dauerte lange. Dann stellte er den Becher auf die alte Kommode im Flur und fragte eisig: »Was haben Sie in meinem Zimmer zu suchen?«

Andreas lächelte charmant und sagte: »Ich habe Ihnen etwas mitgebracht, das Ihnen einiges wert sein dürfte.« Seiner Stimme hatte er einen vertraulichen Unterton gegeben.

Er fasste in die mitgebrachte Tasche und ging zum Esstisch. Dort stellte er sechs verschiedene Figuren auf den geschlossenen Deckel des Laptops und lächelte triumphierend. Jan Wiedemann kam völlig ungläubig näher und betrachtete den Schlumpf, den Playmobil-Indianer, den Tweety, das Überraschungsei-Männchen, den kleinen Nemo und Bob, den Baumeister. Er schüttelte erst kurz den Kopf, bis er tonlos fragte: »Eh, sind Sie eigentlich noch ganz dicht?! Was soll ich denn damit?«

Seine Stimme wurde jetzt zornig und laut: »Denken Sie, ich mache jetzt eine Aufstellung mit Ihnen? Sind Sie so ein kranker Psycho-Verdreher?!«

Andreas beobachtete die Szene ruhig. Und sagte dann: »Ist das nicht das, was Sie sich gewünscht haben?«

Jan Wiedemann fegte mit einem Wisch die Figuren vom Laptop und baute sich vor ihm auf. »Hören Sie mal, Sie Witzfigur. Sie ticken nicht mehr richtig. Verschwinden Sie sofort aus meinem Zimmer. Sofort!«

Andreas blieb ganz ruhig. Er sagte ganz süß und freundlich: »Ich habe ein Foto von Ihrer Schwester gesehen. Das hat mir sehr gefallen.«

Alle Farbe wich aus dem Gesicht des jungen Mannes. Andreas setzte nach. »Es ist an einem sicheren Ort. Ich kann Ihnen gerne eine Kopie machen. Vielleicht gefällt es Ihnen auch …«

Es kam wieder Leben in Jan Wiedemann. Er packte Andreas an der Jacke und zerrte ihn vor die Wohnungstür. Andreas leistete keine Gegenwehr, da er die Lage schon gefährlich genug fand. Er hatte, was er wollte.

Auf der Rückfahrt jagten ihm viele Gedanken durch den Kopf. Er bewegte sich erst, wie in einem Traum. Das geschäftige Treiben um ihn herum trat in den Hintergrund und er hätte schwer sagen können, wie er zum Bahnhof gekommen war. Auch sein Weg zum Gleis versank in einem Tümpel aus trübem Wasser.

Im Zug sah er irgendwann auf und versuchte sich so weit zu orientieren, dass er wusste, wo der Zug sich gerade befand. Musste er bald aussteigen?

Er saß einem Mann gegenüber, der ganz ruhig wirkte. Er atmete langsam vor sich hin und schwitzte. Der Mann war etwas nachlässig gekleidet und er roch ein wenig säuerlich. Seine Kleidung war angeschmutzt und keinesfalls frisch. Andreas ekelte sich. Manchmal war das Zugfahren nervig und zu voll. Die Plätze waren so ziemlich alle belegt und an den Haltestellen schoben sich abgehetzte Bahnfahrer mit ihrem Gepäck durch die Gänge.

Ein älterer Mann schubste beim Passieren aus Versehen den gegenübersitzenden Mann an. Dieser fuhr urplötzlich aggressiv auf und beschimpfte den älteren Reisenden. Es fehlte gerade noch, dass der riechende Typ aufsprang und den anderen schlug. Andreas beobachtete die Szene fasziniert: Wie schnell doch aus einem ganz ruhig dösenden Menschen ein Vulkan werden konnte. Schimpfend setzte sich das Stinktier wieder hin und es dauerte keine drei Minuten, da war er wieder in die lethargische Ruhe verfallen. Die Situation hatte etwas von einem Krokodil. Sehr faszinierend.

Christian wirkte abgehetzt, als er sich auf einen der Stühle im Kultur-Café fallen ließ. Man sah ihm an, dass es zurzeit schlechter lief.

Andreas nippte an einem doppelten Espresso und wünschte sich eine Zigarette.

»Stefanie Hummel weiß, dass ihr Mann eine Affäre mit Stefanie Zimmermann hatte. Sie hat deutlich gelogen, als ich sie zu dem Mord befragte, aber das spielt keine Rolle. Sie war es nicht.«

»Wie meinst du das? Sie hat vielleicht ein hochkarätiges Motiv und sie war es nicht?!«

»Nein. Stefanie Zimmermann wurde von jemand völlig anderem ermordet. Auch dieser Peter Hummel hätte ein tolles Motiv und er war es auch nicht. Gute Motive findet man auch bei Saskia Zimmermann. Aber auch hier: Fehlanzeige. Sie hätte wahrscheinlich auch den Charakter dazu. ... Na, ja. Das ist spekulativ. Wenn man es so will, ist alles, was ich mache reine Spekulation. Zumindest europäisch betrachtet.«

Christians Stirn war jetzt gerunzelt. »Europäisch?«

Andreas nickte. »Amerikaner haben da eine andere Auffassung. Körpersprache zählt bei denen zu den absolut ernst zu nehmenden Wissenschaften. Das kann sogar als Beweismittel vor Gericht akzeptiert werden in einigen Bundesstaaten ...«

»Aha.« Christian hatte sich jetzt deutlich angespannt und nach vorne gelegt. Da klingelte Christians Handy. Er nahm das Gespräch an und lauschte eine Weile. Dann bedankte er sich für die Information und beendete das Gespräch.

»Angelika Fischer ist tot. Sie hatte einen Autounfall. Sie ist mit vollem Tempo frontal gegen einen Brückenpfeiler gefahren. Es sieht so aus, als ob sie absichtlich dagegen gefahren sei. Auf alle Fälle ist sie heute Nacht nach dem Unfall im Krankenhaus verstorben.«

Andreas starrte Christian an. Dann regten sich beide wieder.

»Ich würde lügen, wenn ich sagen würde, dass mich das überrascht. Aber trotzdem schockiert es mich ein wenig. Hat sie ihren Frieden nicht im Leben, sondern im Tod gefunden.«

»Weißt du, wer unser Mörder ist?«

Andreas nickte. »Das weiß ich schon eine ganze Weile, aber ich wollte dringend auch wissen, warum. Auch das weiß ich jetzt. Oder ich habe zumindest einen ganz heißen Tipp.«

Jetzt lehnte er sich vor und seine Augen blitzten etwas. »Auch wenn du das jetzt gemein findest: Ich möchte dich auch noch ein wenig suchen lassen. Darum bekommst du vorerst mal einen Hinweis und da kommst du weiter. Keine Angst: Dein Täter wird sich nicht in Luft auflösen. Er fühlt sich recht sicher und sobald du ihn stellst, wird er sich auch bekennen. Vermutlich wird er erleichtert sein, dass es endlich vorbei ist. Außerdem ist er natürlich auch stolz. Genies sind etwas eitel. Sie wollen den Applaus.«

Christian war geschockt. »Du lässt einen Schwerverbrecher noch länger auf freiem Fuß, weil ich noch ein wenig suchen soll? Das ist hier doch keine Schnitzeljagd! Das ist ja jetzt wohl die Höhe.« Christian war perplex und auch sauer.

»Ich kann ja erst mal nichts beweisen. Aber ich werde dir Beweise liefern. Lasse dieses Fahrzeug untersuchen: Die Tote ist damit transportiert worden.« Andreas schob einen Zettel über den Tisch.

Wie es das Kommissariat ohne weiteren Verdachtsmoment angestellt hatte, war unklar. Aber die Staatsanwaltschaft gab den entsprechenden Beschluss, das Fahrzeug auf dem Zettel untersuchen zu lassen. Trotz augenfälliger Reinigungsversuche konnten Hautschuppen von Stefanie Zimmermann im betreffenden Auto gefunden werden.

Jetzt saß Jessica Wiedemann in U-Haft und alle waren ein wenig ratlos, wie dieser Fall weiter aufgeklärt werden konnte. Jessica Wiedemann schwieg beharrlich. Ein Motiv für die Tat war noch keinem der damit befassten Ermittler klar. Was hatte Jessica Wiedemann mit dem Tod von Stefanie Zimmermann zu tun? Die Beerdigung ihrer Mutter fand im kleinsten Kreis statt. Jessica Wiedemann musste in U-Haft bleiben.

Immer noch blieb ein Tatmotiv im Dunkeln. Außerdem wäre es relativ schwierig für sie gewesen, die Tötung durch zu führen. Sie hatte am fraglichen Wochenende zahnärztlichen Notdienst und musste immer erreichbar bleiben. Sicher hätte sie ein so gut organisiertes Verbrechen zu einem anderen Termin verübt. Die Termine für diesen Notdienst standen schon lange vorher fest. Vielleicht war aber auch gerade das der Geniestreich.

Auch war noch völlig unklar, wo Stefanie Zimmermann erstickt war. Die Durchsuchung der Wohnung der Tatverdächtigen ergab keine weiteren Hinweise.

Der Heidelberger Herbst fesselte die bezaubernde Neckarstadt mit goldenen Laubfarben und diesem unvergleichlichen Duft; dieser Luft, die man auf der Welt nur in Heidelberg findet.

Durch die ausgesprochen günstigen Hanglagen und das geschützte Neckartal, hatte die Stadt schon eh und je klimatisch profitiert. In Heidelberg wuchsen dank dieser Vorrangstellung der Natur auch subtropische Gewächse und selbst die Winter fielen mild und fast lieblich aus. Der Herbst in und um Heidelberg war ein Traum. Die badische Bergstraße machte ihrem Ruf alle Ehre. Auch der Neckar gab sich redlich Mühe, seinem romantischen Image gerecht zu werden. Das Licht war so mild und schmeichelnd; prächtig und in allen Farben. Die Geräusche schienen schon jenen gedämpften Unterton anzunehmen, der den Weg in den Winter andeutete und es roch nach Erde, Waldpilzen und Natur.

Nadine und Andreas waren zum Altstadtfest aus Eberbach gekommen und bummelten Hand in Hand durch die mit Flohmarkt-Ständen überfüllten Straßen und Gassen der Innenstadt. Nadine hatte sich ihren Pullover um die Hüfte geschlungen und ging in Jeans, Bluse und leichter Jacke durch die Mittagssonne. Ihre wärmere Jacke hatte sie im Auto lassen können. Es war wirklich ein ganz milder Altweibersommertag.

Überall waren lachende Gesichter zu sehen, die sich die Freude des Feilschens und Stöberns gönnten. Die Luft war vom Summen der Stimmen und dem Duft gebratener Würstchen und frischer Waffeln erfüllt. Hier gab es Menschen, die ihren Keller leer geräumt hatten zwischen Studenten und professionellen Antiquitätenhändlern; Familien, Schatzjäger und Spaziergänger.

Nadine war selig. Sie war so glücklich in den letzten Wochen gewesen. In ihr strahlte alles die wunderbar schön machende Liebe aus. Es war für sie unwiderstehlich, immer wieder Andreas` Rücken berühren zu dürfen, seine Hand zu halten, ihm an jeder Straßenecke einen Kuss auf die Lippen drücken zu dürfen und einfach in seiner Nähe zu sein.

Andreas genoss den Nachmittag auch. Allerdings waren seine Gedanken weniger bei den alten Schmuckstücken, die sich Nadine gerne an den Flohmarktständen ansah, als vielmehr bei ihrem hoffentlich bald nahenden, gemeinsamen Abend. Die Frau war ein ausgemachter Männertraum. Da konnte man nicht ruhig bleiben. Ihm stand der Sinn eindeutig nach vertraulicher Zweisamkeit. Ihre ständig berührenden und seinen Rücken streichelnden Hände heizten seine Unruhe weiter an. Er fand sie so schön! Sie war ein Wunder. Und wenn er ihre Stimme hörte, ging ihm das durch und durch. Immer wieder. Dann ihre Haut. So glatt und warm. Und erst der Geruch. Er hätte den halben Tag sein Gesicht an ihren Hals legen können. Oder ihren Nacken küssen. Oder tiefer wandern …

Heidelberg präsentierte sich von seiner schönsten Seite, aber er hatte mehr Augen für die schönste Frau der Welt. Seine schönste Frau der Welt. Er war unglaublich stolz, mit dieser Frau an seiner Seite gesehen zu werden. Das durfte auch jeder sehen. Trotzdem zermürbte ihn die Sehnsucht zum Abend ganz schön. Unruhig tappte er zwischendrin von einem Fuß auf den anderen.

Vor zwei Wochen war er mit ihr zum Eutersee gefahren. Oder sie war vielmehr gefahren. Er hatte ihr den Wohnwagen gezeigt. Es war seltsam, zu sehen, wie sie alles betrachtete und dann lächelte.Sie waren um den See spaziert und hatten am Ufer Händchen gehalten. Es war schön gewesen. Sie gehörte zu ihm und sein Lieblingsort gehörte jetzt auch ihr. Dann hatten sie sich im Wohnwagen aneinander gekuschelt. Dabei war es nicht geblieben. Beide hatten einen enormen Hunger aufeinander. Sie hatten sich geliebt und der Wohnwagen ankerte sich in seinem Kopf für immer mit diesem Moment der völligen Zärtlichkeit, aber auch Leidenschaft. Diesem quälend schönen Ziehen im Oberkörper, wenn er daran dachte.

Und es fühlte sich ganz selbstverständlich an, mit ihr auf dem Heidelberger Herbst zu bummeln. So verschmolzen. Diese Augenblicke, in denen man verbunden ist. Ohne Worte.

Plötzlich sah er von Weitem ein Pärchen im Gewühl verschwinden. Einen großen Mann, der liebevoll einen Arm um die Schultern einer kleinen, dunkelhaarigen und kurvigen Frau gelegt hatte.

Andreas schloss seine Hand mit Nadines Hand darin ein wenig fester und zog sie zügig in Richtung des anderen Pärchens. Der Richtungswechsel kam etwas unvorhergesehen für sie. Nadine stolperte ein bisschen überrascht hinter ihm her und fragte: »Was hast du plötzlich?!« Aber sie fing sich schnell und folgte ihm zügig.

Andreas ließ sich nicht beirren. Weiter strebte er durch die gemächlich wogenden Menschenmassen. »Ich habe einen gelösten Mord gesehen.« Sein Gesicht war verschmitzt. Vorbei an einem Stand mit nepalesischen Strickwaren und zwei Händlern mit Silberringen hasteten die beiden weiter. Nadine war jetzt aufgeschlossen und sie bewegten sich gleichförmig. Sie hatte keine Ahnung, was er mit einem gelösten Mord meinte und fand es auch müßig, darüber nachzudenken.

Andreas sprach sehr oft in Rätseln. Auch war seine Gabe, Umstände, Zusammenhänge und Menschen zu durchschauen geradezu beängstigend. Aber *sie* konnte durchschauen, dass er wirklich in sie verliebt war. Und alles andere war eben so, wie es war.

Als sie ein wenig später stehen blieben, sagte Andreas, leicht außer Atem zu einem Mann, der mit dem Rücken zu ihnen stand: »Also, hast du deinen Täter.«

Christian drehte sich verdutzt zu ihm um und lachte. »Claudia, darf ich dir meinen alten Schulfreund Andreas Raab vorstellen? Wir haben zusammen die Grundschule in Eberbach besucht. Andreas, das ist meine Claudia.« Beide nickten sich freundlich zur Begrüßung zu.

»Die Frau, die dich so glücklich macht, dass ein anderer Mensch aus dir geworden ist ...« ergänzte Andreas und lächelte. Sein Arm legte sich um Nadines Schultern und er zog sie zu den beiden anderen.

»Das ist Nadine. Die Frau, die *mich* glücklich macht.« Alle nickten sich zu und standen in freundlich freudigem Einverständnis beisammen. Christian nahm Andreas zur Seite und sagte: »Wir wollten gerade etwas trinken. Komm, wir stellen uns da vorne an dem Stand an, während die Damen sich schon einmal beschnuppern können. Damit zog er Andreas zum gegenüberliegenden Getränkestand und seiner Warteschlange.

»Seit wann hast du es gewusst? Seit wann weißt du, wer unser Mörder ist?«

Andreas grinste auf Christians Frage.

»Seit dem Umzug von Jan Wiedemann nach Mainz.«

»Aber du hast danach noch weiter gesucht! Das glaube ich dir nicht. Woran willst du es da schon erkannt haben? Du hattest recht: Er hat sofort gestanden. Aber mir ist absolut nicht klar, wie du das alles herausgefunden hast.«

Andreas lachte. »Habt ihr Fischer auch eingebuchtet?« fragte er.

»Dr. Fischer? Dr. Michael Fischer? Warum sollten wir das tun? Er hat doch mit dem Mord nichts zu tun, oder? Jan Wiedemann hat ausgesagt, dass er alles allein geplant und durchgeführt hat. Er hat bisher keinen Ton zu einem Motiv oder einem Grund geliefert. Wir sind auch etwas ratlos. Er kannte Stefanie Zimmermann gar nicht! Warum hat er sie umgebracht?«

Andreas lachte. »Wenn ihr es selbst nicht herausfindet, erzähle ich dir die ganze Geschichte auf dem Apfeltag. Komm im Oktober nach Eberbach. Der Apfeltag ist wunderschön. Da sind die Geschäfte offen, es werden Spiele für die Kinder veranstaltet und alles Mögliche zum Thema Apfel angeboten. Das wird ein schöner Ausflug.«

Christian zögerte.

Andreas blickte ihn verständnisvoll an. »Dann bring sie einfach mit. Sie wird ihren Spaß haben.«

»Wer? Wen? Claudia? Ja, klar bringe ich Claudia mit …«

»Ja, die auch. Ich meinte deine Tochter.«

»Woher weißt du, dass ich darüber nachgedacht habe, meine Tochter mitzubringen?«

»Weil dein Kopf sich kurz gesenkt hat und dein Blick ganz kurz zu deiner Jackentasche ging.« Christian schüttelte den Kopf. So viel Transparenz war ihm extrem suspekt.

»Ich habe meine Tochter doch nicht in die Jackentasche gepackt! Was hat denn meine Jacke mit meiner Tochter zu tun?«

»Oh, die Jackentasche an sich nichts. Aber der Schlüssel mit dem kleinen Plüschtier-Anhänger. Und der befindet sich in der Jackentasche. Ich habe die Schlüssel vorhin leise klimpern gehört. Es war das gleiche Geräusch, wie an dem Tag, als wir uns im Sommer nach so vielen Jahren zum ersten Mal wieder in Eberbach vor der Eisdiele Venezia getroffen haben und du vom Mord erzählt hast.«

Beide kauften sich ein Glas Most, für die Damen Mostschorle und zum Essen Handkäse mit Musik.

Dr. Christoph Zimmermann war betrunken, als er seine Aussage zu Protokoll geben wollte. Er hatte sich eine Stunde zuvor bei der ihm am nächsten gelegenen Polizeidienststelle gemeldet und wollte seine Frau Saskia Zimmermann anzeigen. Die Beamten waren ratlos, aber machten zuerst einen Alkoholtest. Das Ergebnis lag bei 1,75 Promille. Man entschied auf der Wache, den Hautarzt zur Ausnüchterung zu verwahren, um anschließend seine Zeugenaussage zu Protokoll zu nehmen. In der Zelle weinte Christoph Zimmermann kläglich und redete mehr mit sich selbst. Alles in allem ein sehr deprimierender Anblick.

In nüchternem Zustand verdichtete sich der Verdacht, dass Christoph Zimmermann weder etwas beobachtet hatte, noch einen gewinnbringenden Hinweis liefern konnte. Er war schlicht unglücklich und hatte im Alkoholwahn seine Frau Saskia Zimmermann des Mordes seiner Exfrau aus Eifersucht beschuldigt. Zwar wurde seine Aussage gemäß Gesetz zu den Unterlagen genommen, aber allen damit befassten Beamten war klar, dass Saskia Zimmermann höchstwahrscheinlich niemanden ermordet hatte. Außer vielleicht ihrer Ehe.

Stefanie Hummel erwischte ihren Mann Peter mit einer Bekannten in flagranti.

Er hatte die Dame gerade entkleidet und in einem kleinen Abstellraum für Musikinstrumente in Position gebracht.

Seiner Frau war durch ihre übersensiblen Antennen aufgefallen, dass er wöchentlich eine freie Zeit von über zwei Stunden zwischen seinen Musikschülern freihielt. Regelmäßig donnerstags. Also beschloss sie, ihren Mann an einem Donnerstag überraschend in der Schule zu besuchen und stellte sich in der Nähe des Musiksaals Nr. 3 auf einen Beobachtungsposten im Lichthof des Gymnasiums.

Sie musste nur sehr kurz warten. Die beiden Herrschaften wirkten ausgesprochen ungeduldig und kicherten albern.

Sie wartete, mit geschwollenem Hals und immer rasender vor Wut werdend, ganze siebzehn Minuten, dann hämmerte sie gegen die Tür.

Die beiden hatten sich eingeschlossen.

Nachdem sie damit drohte, mit einem Tisch die Tür einzurennen, wenn nicht *sofort* geöffnet würde, schloss ihr Mann Peter sehr kleinlaut auf.

Die Dame im Abstellraum hatte nicht genügend Zeit gehabt, in fieberhafter Eile wieder alle Kleidungsstücke anzuziehen und so stand sie in Unterwäsche gerade auf einem Bein und versuchte sich eine Nylonstrumpfhose wieder anzuziehen. Stefanie erlebte eine kurzen Triumph dabei, trocken zu bemerken: »Sie haben sich eine Laufmasche geholt. Bitter.«

Dann wartete sie vor der Tür mit abgewendetem Blick. Wenigstens genug Raum und Zeit zum Ankleiden. Das konnte sie der Konkurrenz zugestehen. Die Szene lief wie in einem Film in ihr ab. Es erreichte sie gar nicht so recht. Erst war sie richtig wütend gewesen und dann hatte sie den Eindruck neben sich zu stehen. Als Beobachter ihrer selbst. Seltsam. Beide waren wie geprügelte Hunde schließlich aus dem Raum geschlichen. Erbärmlich.

Nachdem Stefanie Hummel ihrem Mann mit Scheidung und finanziellem Ruin gedroht hatte, entschied er sich, bei seiner Familie zu bleiben und die Hände bei sich zu behalten. Beide waren stark ernüchtert von der gesamten Angelegenheit.

Es war einer dieser Augenblicke, in denen das Vergangene, das lange Zurückliegende wieder blühend auflebt.

Das Ehepaar Ortmann saß auf einer Bank und blickte ins Neckartal hinab. Und es war wie damals. Damals im ersten Jahr ihrer Liebe.

Ferdinand Ortmann hatte einige Zeit benötigt, seine Frau zu diesem Ausflug zu überreden. Sie hatte ihm viel von Krankheiten und Schmerzen erzählt. Sie hatte ihm geschildert, wie schlecht sie zu Fuß war und wie viel passieren konnte, wenn man im Wald unterwegs war. Regengüsse, verstauchte Knöchel, Insektenstiche, Tierbisse … Schließlich hatte er sie mit guten, festen Schuhen und warmer Kleidung ins Auto gepackt und sich mit zwei Schaumstoffsitzkissen und einer Thermoskanne Tee im Kofferraum auf den Weg in den Odenwald neckaraufwärts gemacht.

Wie damals. Nur damals waren sie auf einer Horex unterwegs gewesen. Das war ein tolles Motorrad damals. Seine Frau hatte ein wunderschönes Kleid getragen und den Rock beim Fahren gut festgehalten. Gegen den Wind hatte sie damals ein Kopftuch um den Kopf gebunden. Helme waren noch nicht so häufig …

Sie hatten ihren Wagen auf einem Parkplatz geparkt und waren langsam die wenigen Meter Fußweg zu ihrer Bank gegangen. Es waren höchstens 800 Meter vom Parkplatz zum Aussichtspunkt. Dort angekommen hatte Herr Ortmann zuerst mit einem Stofftaschentuch die Bank ein wenig abgewischt und dann die Kissen auf die Bank gelegt. Die beiden hatten sich nebeneinander auf der Bank zurechtgesetzt und dann schweigend ins Neckartal geblickt.

Und als wäre die Bank eine Zeitmaschine erschien der damalige Blick in den wunderbaren Sommertag. Man konnte das leise Flüstern des Windes in den Blättern der erhabenen Buchen hören und diesen Grassommerduft riechen. Und das Gefühl der Zufriedenheit und des Glücks floss in ihre Bäuche. Ergriffen nahm sie seine Hand. Als wären sie wieder jung saßen sie still und andächtig.

Für Oktober war es ein milder Tag. Trotzdem schlugen sie nach einer Weile den Rückweg ein.

Und es war seit vielen Jahren ein Moment, in dem beiden klar war, dass sie beisammen bleiben würden, bis sie sterben.

Der Eberbacher Apfeltag fiel in diesem Jahr ins Wasser. Es hatte schon die letzten Tage viel geregnet, aber dieser Sonntag versank schon morgens in schmalen, grauen Bindfäden.

Nadine saß mit Andreas am kleinen Küchentisch und frühstückte. Von ihr aus hätte es Katzen hageln können: Sie war bester Laune. Wenn es draußen regnet, ist es drinnen umso gemütlicher ...

Andreas war sehr froh, dass Nadine seine stoffelige Art morgens keineswegs persönlich nahm, sondern auch noch als süß bezeichnete. Er konnte sich zwar, egal, wie er es drehte oder wendete, nicht erklären, was an einem unrasierten, komatösen Mann süß sein sollte, aber wenn sie meinte ...

Er kaute zufrieden schweigend auf dem von ihr bestrichenen Erdbeermarmeladen-Brötchen herum und wartete, bis seine Sinne allmählich wieder komplett online gingen. Nadine bestrich noch ein durchgeschnittenes Hörnchen mit Nutella und legte es auf Andreas Teller. Er sollte keinesfalls verhungern.

Das war jenes glücklich entspannte Schweigen zweier Menschen, die mit sich und der Welt in diesem Moment im Reinen lagen.

Nadine genoss das Frühstück besonders, da Andreas häufig seine Ruhe brauchte. Wenn er mal wieder seinen Koller bekam, war er tagelang nicht auffindbar und reagierte auf keinen Anruf und keine SMS. Vor einigen Wochen waren sie in Nadines Auto zum Eutersee gefahren und er hatte ihr den Wohnwagen gezeigt. Seitdem fühlte sie sich wohler. Das war das größte zu erwartende Zugeständnis. Andreas war einfach ein autarker Charakter und sie liebte ihn trotzdem oder gerade deshalb.

Um 11 Uhr waren die beiden mit Christian und Claudia verabredet. Sie hatten noch ausreichend Zeit, in Ruhe fertig zu frühstücken, zu duschen und gemütlich zur Eisdiele auf dem Lindenplatz zu tigern, wo sie sich mit dem andren Pärchen treffen wollten.

Andreas Handy machte sich bemerkbar. Nadine holte es aus der Jackentasche im Flur und brachte ihm das Telefon an den Tisch. Diese Maßnahme minimierte die morgendliche Unfallgefahr …

»Christian!« Andreas war überrascht.

»Ja, ich möchte Claudia entschuldigen. Sie hatte die ganze Nacht Kopfschmerzen und hat sich mehrmals übergeben. Ich werde allein nach Eberbach fahren. Vielleicht willst du Nadine mal fragen, ob sie dann überhaupt mit will?!«

Andreas nickte, obwohl Christian das gar nicht sehen konnte. »Gut. Für uns beide bleibt es auf alle Fälle bei 11 Uhr in der Eisdiele am Lindenplatz. Ich werde Nadine fragen. Tschau, bis gleich.«

»Ja, bis gleich.« Andreas legte das Handy auf die Tischplatte und fragte Nadine, ob sie lieber in seinem Sessel lesen oder mit im Regen zur Eisdiele kommen wollte. Nadine entschied sich, ihren Roman weiter zu lesen.

Es hatte aufgehört zu regnen, als sich Andreas auf den Weg machte. Trotz des Wetters waren viele Eberbacher unterwegs und besuchten die zahlreichen Stände mit Kunsthandwerk, Leckereien und anderen Waren. Natürlich stand der Apfel im Mittelpunkt. Der Eberbacher Apfeltag hatte seit den 1980er-Jahren Tradition und war eine schöne Gelegenheit, durch die Geschäfte zu bummeln, Bekannte zu treffen oder sich das Zubereiten des Mittagessens zu sparen und statt dessen den regionalen Verführungen zu erliegen.

In der Eisdiele angekommen setzte er sich grinsend zu Christian, der schon vor einer der Kaffeespezialitäten saß und trotz des trüben Wetters und der noch relativ frühen Tageszeit über einen Eisbecher nachdachte.

»Und?« fragte Andreas. »Was, und?« Christian wusste mal wieder nicht sofort, wovon sein alter Schulfreund sprach.

»Warum hat er sie umgebracht? Und wo ist sie gestorben?« Christian sah ihn ernst an. »Ich hoffe, du sagst mir das jetzt alles.« Andreas nickte enttäuscht.

»Ich dachte, du hättest es jetzt doch selbst herausgefunden.« Er bestellte sich ein Glas Latte macchiato und fuhr dann fort: »Sie ist in der Sauna von Dr. Michael Fischer erstickt. Er hatte die Ränder der Tür mit transparentem Silikon abgedichtet.« Christian bat: »Bitte beginne doch am Anfang.«

»Stefanie Ortmann und Thomas Wiedemann waren ein Liebespaar. Aber Thomas Wiedemann wollte bei seiner Familie bleiben. Er hat sich von ihr damals getrennt. Sie hat daraufhin damit aufgehört Cello zu spielen. Aber sie musste ihn trotzdem ständig sehen. Sie waren ja an der gleichen Schule.

Dann tauchte dieser Kindesmissbrauchsfall in den Zeitungen auf. Sie hat sich auf ganz gemeine und weitreichende Art und Weise an ihm gerächt und hat ihn in den Knast gebracht. Wenn sie ihn nicht haben sollte, sollte ihn auch keine andere bekommen. Jahre später hat sie dann diesen Christoph Zimmermann geheiratet. Der war gesellschaftlich gut angesehen, hat sie auf Händen getragen, sie hatten viele Gemeinsamkeiten.

Da Christoph Zimmermann immer gespürt hat, dass er ihr Herz und ihre Liebe nie wirklich gewinnen würde, hat er eine Affäre mit seiner späteren zweiten Frau begonnen. Oder er war schlicht und ergreifend geil. Diese Saskia ist schon unglaublich hübsch. Tolle Figur, blutjung. In jedem Fall war das zu viel für Stefanie. Sie hat ihn verlassen und hat sich mit einigen, kleineren nichts sagenden Techtelmechtel über Wasser gehalten. Einer ihrer Kurzzeitbegleiter war Peter Hummel. Den halte ich für einen zwar passabel aussehenden aber insgesamt völlig indiskutablen Gefährten. Aber ich muss ihn ja nicht heiraten. Er ist ja schon verheiratet. Wenn seine Frau wider ein wenig mehr Luft zwischen den ganzen Kindertermine bekommt, wird sie ihn wieder zusammenstutzen und bei denen stimmt wieder alles. Vielleicht sollte sie ihn ein wenig kürzer halten.« Andreas lachte jetzt bei der Vorstellung. Christian rührte sich nicht und hörte gebannt zu. Also erzählte er weiter.

»Als Thomas Wiedemann aus dem Gefängnis kam, setzte das Stefanie mehr zu, als sie wollte. Sie merkte, dass sie ihn nie vergessen hatte. Eine Beziehung zu einem verurteilten Kinderschänder wäre völlig undenkbar gewesen. Sie hatte sich also selbst ihr eigenes Glück für immer und ewig verbaut. Um selbst auch für ihn auf eine seltsame Art und Weise reizloser zu werden, schnitt sie sich die Haare ab und kleidete sich nur noch in eigenwilligen Outfits. Das war natürlich Unsinn, aber so was läuft ja unterbewusst ab, nicht wahr. Ihre Erinnerungen hatte sie aber trotzdem nicht im Griff: Sie ließ ihr altes Cello nach zwanzig Jahren reinigen.«

Allmählich wurde Christian nervös. »Aber ich verstehe immer noch nicht, was jetzt diese ganze Geschichte mit Jan Wiedemann zu tun hat. Es war doch gar nicht bekannt, dass Thomas Wiedemann damals *nicht* der Kinderschänder und Mörder war. Außerdem war Jan Wiedemann drei Jahre alt, als diese ganze Geschichte passierte!« Andreas nickte und sah dann Christian direkt ins Gesicht.

»Also hat sie bis jetzt geschwiegen. Ja, sie ist tapfer.«

»Wer hat bis jetzt geschwiegen? Angelika Fischer? Ja, mittlerweile kann sie ihr Schweigen auch kaum noch brechen. Nur schriftlich. Vielleicht hat sie etwas hinterlassen?«

»Ja, die auch. Aber Angelika Fischer war sich den Tatsachen immer noch nicht voll bewusst, vermute ich. Tief in sich drin wusste sie vielleicht Bescheid. Aber bewusst, wusste sie es nicht. Vielleicht hat sie die Erkenntnis auch umgebracht: Michael Fischer ist ein Kinderschänder. Nicht Thomas Wiedemann.«

»So ein Quatsch! Ich habe dir doch gesagt, der Franzose hat alle Morde an den kleinen Jungs gestanden. Was erzählst du den jetzt von Michael Fischer?«

»Ich rede nicht von den Jungs von damals. Ich rede von Jessica Wiedemann. Er hat sie viele Jahre lang sexuell missbraucht. Ich vermute im Keller. Da steht so eine praktische Couch ...Wenn seine Frau nicht im Haus war. Oder er hat sie mitgenommen zum Sport.

Das ist auch der Grund, warum Jan Wiedemann immer völlig durchgedreht ist, wenn sein Stiefvater und seine Schwester allein unterwegs waren. Vielleicht hat er es nur gespürt, vielleicht weiß er es genau. Aber ich bin mir sicher, die beiden haben nie wirklich darüber gesprochen. Das ist auch der Grund, warum er nicht direkt seinen Stiefvater umgebracht hat. Nach dem Tod seines Vaters hat er dessen alte Fotos und Briefe geerbt. Er hat sie gelesen und eins und eins zusammengezählt. Ihm war klar, dass er nie diesen Stiefvater bekommen hätte, wenn sein Vater nicht unrechtmäßig im Knast gesessen hätte und am ganzen Unglück der beiden Geschwister hat er Stefanie Zimmermann verantwortlich gemacht.

Vermutlich hat er da ein wenig Recht. Insgesamt ist die ganze Geschichte sehr tragisch. Angelika Fischer lässt sich von ihrem Mann scheiden, da der wegen Kindesmissbrauchs im Gefängnis sitzt, und heiratet einen Typen, der genau das mit ihrer Tochter macht. Hoffentlich ringt sich Jessica Wiedemann dazu durch, Anzeige zu erstatten.« Christian schüttelte den Kopf. »Keinen Ton hat sie gesagt. Noch kann sie Anzeige erstatten. Die Tat ist noch nicht verjährt.

Das alles ist eine heftige Geschichte. Bitte erkläre mir, wie und wann du diese Zusammenhänge gesehen hast.«

»Dass etwas mit Jessica Wiedemann spürbar anders ist, habe ich zuerst nur gefühlt. Auch war sie immer sehr zugeknöpft. Ihre Kleidung. Sie selbst ist sehr nett und versucht sich auch zu öffnen. Gegen die Vergangenheit aufzulehnen. Aber wenn man ihr von außen zu nahe kommt, macht sie völlig zu. Das reicht natürlich nie für so einen Verdacht. Dann diese seltsame Atmosphäre in diesem Haus. Die Mutter und dieser straffe Tierarzt. Das alles brachte alle Sinne in mir zum Jaulen. Aber sicher war ich mir erst, als ich das Plättchen sah.«

Christian verstand rein gar nichts. Andreas erklärte: »Beim Umzug von Jan Wiedemann fiel einem seiner Kumpels ein Karton herunter. Aus der Kiste fielen eine Foto mit Familie Wiedemann und einige Kleinteile. Gerümpel. Dazwischen ein kleines Metallteilchen. Dieses kleine Metallteil ist auf Camel-active-Uhren aufgesteckt. An der Seite der Lederarmbänder. An beiden Seiten. Auf euren Tatortfotos trägt Stefanie Zimmermann eine solche Uhr. Eines der beiden Plättchen ihrer Uhr fehlt darauf. Vermutlich hat er das Metallplättchen in der Sauna gefunden. Oder im Auto. Ich könnte mir vorstellen, dass er es beim Reinigen des Autos seiner Schwester gefunden hat und es behalten wollte. vielleicht wollte er es auch irgendwann verschwinden lassen. In jedem Fall war es das passende Metallplättchen zu Stefanie Zimmermanns Uhr.

Da ich wissen wollte, warum er sie umgebracht hat, habe ich ihn mit der Behauptung, ich hätte schlüpfrige Bilder seiner Schwester, konfrontiert. Ich habe diesen Missbrauch nur vermutet. Aber nachdem er auf die leiseste Andeutung völlig ausgerastet ist, war alles andere sehr naheliegend.

Er hat sich das Midazolam bei Jessica Wiedemann verschafft. Vielleicht hatte er auch noch Ampullen zu Hause. In jedem Fall gab es dieses Beruhigungsmittel in der Praxis, in der sie jetzt arbeitet, und in der davor auch. Er hat die Weisheitszähne von ihr rausoperiert bekommen. Vielleicht wurde er damals damit sediert und kannte die Wirkung. Gerade dieser Effekt mit der gelöschten Erinnerung war perfekt für seine Tat. Die Seide hat er vielleicht aus der Tierarztpraxis.«

Christian hatte ernst, aber auch überrascht zugehört. »Und dieser Zettel?«

»Ja, der Zettel. Er stammt von einem Seminarblock, den Jessica Wiedemann anlässlich einer Implantologie-Fortbildung in Frankfurt bekommen hatte. Ich habe ihren Namen auf einer Teilnehmerliste entdeckt. Jan Wiedemann hat den Schreibblock vermutlich bei seiner Schwester entwendet und dann hat er augenscheinlich Einmalhandschuhe verwendet und war sehr vorsichtig. Vielleicht fand er das passend, ihren Block zu verwenden. Wo sie doch mehr Pech mit der neuen Heirat der gemeinsamen Mutter hatte als er.«

»Also, wie ist der ganze Mord jetzt abgelaufen?« Christian schien immer noch nicht komplett sortiert.

»Jan Wiedemann hat Stefanie Zimmermann beschattet, nachdem er aus den Briefen, die er von seinem Vater geerbt hatte, erfuhr, dass sie dessen ehemalige Geliebte war. Ursprünglich hat der Junge sogar Jura studiert, um seinen Vater vielleicht rehabilitieren zu können. Dann war der plötzlich tot und alle Hoffnung auf Gerechtigkeit im juristischen Sinne gestorben.

Bei seinen Beobachtungstouren fand er schnell heraus, dass Stefanie Zimmermann immer donnerstags zum Sport ging und ihre Kleidung in einer Umkleide deponierte. Er brachte nur kurze Zeit, das Material zu organisieren, einen Zeltausflug für ein Alibi anzuregen und dann, nachdem alles bereit war, hat er das Beruhigungsmittel in ihr Sportgetränk. Einfach gewartet, bis es wirkt, die noch halb funktionstüchtige Stefanie ins Auto geladen und nach Nußloch gefahren. Dort hat er sie in die Sauna des Stiefvaters verfrachtet, alle Luftlöcher mit Silikon zugeschmiert, dem Opfer vielleicht mehr von dem Gebräu eingeflößt und sie dann in die Sauna eingesperrt. Er ist zum Zelten gefahren und hatte sein Alibi. Anschließend hat er sie wieder tot aus der Sauna aufgesammelt. Vielleicht im Keller den Mund zu genäht und an ihrer Schule nachts abgeladen. Es war nach dem Zeltausflug völlig normal, das Auto gründlich zu reinigen, bevor er es zu seiner Schwester zurück brachte. Vielleicht hat er dabei diesen kleinen Metallclip gefunden. Das Plättchen, das ihn mir letztlich verraten hat.

Er hatte genug Zeit, die Sauna, den Keller und alles andere zu putzen. Da sie schon tot war, hat sein Opfer vermutlich kaum geblutet. Dank der großzügigen Sauna hat es Stunden gedauert, bis sie erstickt ist. Sie hat von all dem vermutlich nichts mitbekommen. Aber wenn du das ganz genau wissen willst, musst du einen Arzt fragen.

Untersucht die Sauna und ihr habt euren Tatort.«

Ruhe und Gedanken bewegten sich zwischen ihnen hin und her. Es war Christian, der schließlich wieder das Schweigen brach.

»Das ist eine traurige Geschichte. Was werden die Fischers jetzt wohl tun? Da hat Angelika Fischer ihren Ex verlassen, um ihre Kinder zu schützen und ist genau in die Arme der Gefahr gelaufen. Oder die Wiedemanns Das war eigentlich nie eine Familie, finde ich. Wie entsetzlich.«

Christian schüttelte sich ein wenig, um den Gedanken abzustreifen. Mittlerweile hatte es aufgehört zu regnen. Die anderen Gäste waren ins Freie zu den Ständen des Apfeltages geströmt und die beiden Männer waren mit den Mitarbeitern der Eisdiele allein. Christian sah sich um, als ob er den Raum zum ersten Mal in seinem Leben sehen würde. Und ein klein wenig fühlte er sich auch so. So eine Geschichte war Teil seiner Arbeit. Teil seines Alltags. Aber er spürte, dass mit jedem Fall, den er bearbeitete und löste ein kleiner Teil seiner Welt nicht derselbe wie zuvor war.

Die beiden Männer zahlten und gingen schweigend nebeneinander auf den Lindenplatz und weiter zum Neckarlauer, wo Christian geparkt hatte. Dort klopften sie sich auf die Schultern und Andreas blickte Christian nach, wie er die B 37 in Richtung Heidelberg davonfuhr.

Eine Weile noch blickte er den Neckar abwärts. Dann wandte er sich um und ging langsam und gleichmäßig das Ufer seines Freundes entlang. Das Wasser war heute eher wellig, unruhig. Sein Atem aber floss gleichmäßig und zuverlässig durch seine Lungen. Seine Schritte erzeugten schmatzende Geräusche am grasbewachsenen und durch Schlammflecken durchsetzten Uferstreifen. Dann kam wieder ein dumpfer Schritt auf Gras und wieder ein Platschen in eine der kleinen Pfützen. Und so formten seine Schritte eine leise Musik der Beruhigung. Der Neckar trug mit seiner Macht und Ruhe die Gedanken und Gefühle langsam und stetig mit sich und Andreas ging weiter und weiter dem allmählich flacher und stiller werdenden Neckar entgegen. Morgen war wieder ein neuer Tag.

BIBLIOGRAFISCHE INFORMATION DER DEUTSCHEN BIBLIOTHEK:
Die Deutsche Bibliothek verzeichnet diese Publikation in der Deutschen Nationalbibliografie; detaillierte bibliografische Daten sind im Internet über http://dnb.ddb.de abrufbar.

1. Auflage 2015
Alle Rechte vorbehalten

Anschrift der Autorin:
Susanne Löffler
Lindenstraße 20
D-97877 Wertheim

Satz, Umschlaggestaltung und Gesamtbetreuung:
Verlagsbüro Jörg Exner, www.vbje.de

Herstellung und Verlag:
Books on Demand GmbH, Norderstedt

ISBN 978-3-7386-3603-1